超现实数码影像创意
Surreal Digital Photography 2

超现实数码影像创意

为摄影师提供更多的数码处理技巧

（英）本·雷诺-克拉克　编著

朱安博　刘小林　朱佳　徐锡华　译

浙江摄影出版社

Surreal Digital Photography 2

Copyright © 2007 The Ilex Press Limited

《超现实数码影像创意2》英文版于2007年出版，此简体中文版经Ilex出版社授权出版。
浙江摄影出版社拥有中文简体版专有出版权，盗版必究。

浙 江 省 版 权 局
著 作 权 合 同 登 记 章
图字：11-2008-47号

图书在版编目（CIP）数据

超现实数码影像创意. 2 /（英）雷诺-克拉克编著；
朱安博等译.—杭州：浙江摄影出版社，2008.9
书名原文：Surreal Digital Photography 2
ISBN 978-7-80686-670-2
Ⅰ．超…　Ⅱ．①雷…②朱…　Ⅲ．图像处理-数字技
术　Ⅳ．TN911.73

中国版本图书馆CIP数据核字（2008）第117205号

超现实数码影像创意 2

本·雷诺-克拉克 编著
朱安博　刘小林　朱佳　徐锡华 译
责任编辑：余　谦
装帧设计：黄业成
责任校对：程翠华

浙江摄影出版社出版发行
（杭州市体育场路347号　邮编：310006）
网址：www.photo.zjcb.com
电话：0571-85170300-61011
传真：0571-85159646
制版：杭州兴邦电子印务有限公司
印刷：浙江新华彩色印刷有限公司
开本：890×1240　1/24
印张：8
2008年9月第1版　2008年9月第1次印刷
ISBN 978-7-80686-670-2
定价：45.00元

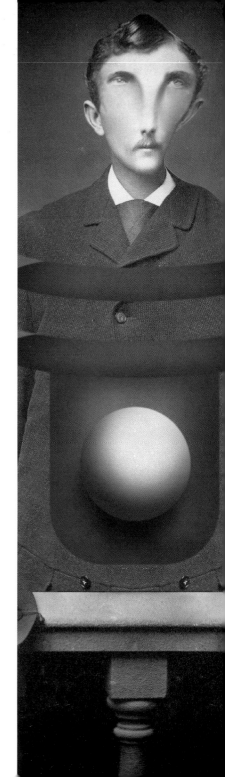

目录

导 言

随着艺术家们提出更加新颖、更加不可思议的创意，超现实数码摄影并没有发生突变式的发展，也没有像达利钟表一样为每一次可能的机遇所利用。该书正是展示了那些新颖的创意。其中一些创意是如此的简单明了，你甚至会纳闷：为何此前自己从未尝试过；而又有一些是如此的复杂且难以理解，你又会纳闷：竟然有人会做这样的尝试。但是，毋庸置疑，所有创意都是卓越的超现实摄影艺术家展现的艺术范例。

幸亏有了因特网及其带来的便利，艺术家们才可以分享数字科技成果并且展示自己的工作业绩，许多超现实主义艺术家群体如雨后春笋般涌现，成员遍布全世界。此书仅仅展示了来自美国、英国、比利时、克罗地亚、拉脱维亚、斯洛文尼亚和瑞典等国艺术家的作品，除此之外，由于篇幅有限，本书无法容纳许多来自其他国家的艺术家的作品。之所以存在大量的超现实图像，原因在于人们喜欢偶尔偏离规范，任凭自己的想象力自由驰骋。想把鱼的脸和你岳母的照片混合在一起？别犹豫了，就这么干吧，只要制作出作品就可以了！想再次把你的朋友想象成仙人？没问题，Photoshop将满足你的愿望。是不是非常想把飘动的卷发和经过挤压而成的西洋跳棋棋盘头颅加到罗丹式的思想者身上，又不知如何下手？没什么，你只需花些时间学一些基本的三维知识就行了，当然了，这完全是可以办到的。我们有恰当的工具，你只需学会使用它们，然后好好利用就行了。

《守护天使》　多门·洛姆伯格摄制

《伊甸园之门》　本·古森斯摄制

最主要的是，你可以任意使用创造图像的工具——你所需要的仅仅是灵感的火花，然后付诸行动。你即使不是Photoshop的技术天才，也可以创作出令人叹为观止的图像。当然，我们不得不承认，你的创意越复杂，就可能需要越多的专业技术知识来完成。事先认真思考和制订计划，有助于降低合成图像的难度，从而使图像制作的工作顺利完成。制作此类图像的所有源文件，都可以从本书所公布的网址上下载获得。你可以亲自动手制作，一步步完成超现实图像作品的制作过程。我们希望，你可以创作出属于自己的精彩的超现实影像作品！

1

在你开始了解大师们的工具和技巧之前，你需要拥有合适的设备。幸运的是，尽管你需要付出大笔资金去购买数码工具箱，但是创作专业级别的图像却无需如此。请认真阅读本书在相机、计算机和外围设备等方面的指南和要求，然后选购完全符合你预算的设备。就像曼·雷所展示的那样，在超现实摄影领域，重要的不是选择用于创作图像的设备，而是该设备的用途。

数码工具箱

数码相机

 市场上出售的相机种类繁多，很容易让人眼花缭乱，不知选哪一种好。每家制造商都会提供不同像素级别、不同性能的变焦镜头和外形各异的产品。假如创作的图像需要打印照片，那就要选购一架高分辨率的相机，其中像素还不是主要的问题。为了创作出高品质的图像，并能用于图像编辑程序，你需要购买一只可调焦且有很多调节装置的相机，通常来说，也就是一架专业的或半专业的机型。

数码相机系列最低端的产品是袖珍数码相机。这种相机价格便宜，使用简单，是初学者的理想选择，或是专业摄影师的备用相机。然而，如果希望创作的图像在输出打印出来之后显得更专业，就需要购买价格更贵一些的相机了。

专业消费型（Prosumer）相机

一眼看上去，要清楚了解专业消费型相机和专业相机之间的区别是极其困难的。两种相机通常都有安置在相机中央的镜头，给人的印象是，它们都是单镜头反光式相机（SLR），但情况并非如此。许多专业消费型相机的照相方式和经济型相机类似。取景器是一个独立的光学装置，通常位于镜头上方，其反映出来的影像通常不是相机实际捕捉到的。其他相机使用的是电子取景器，但缺乏细节和色彩深度，或会因为拍摄时晃动而使影像变得模糊不清。使用液晶显示屏能够取得更加清晰的图像，但电池消耗较快，而且在强光下，此类显示屏的图像显示效果并不好。

好的经济型数码相机，如索尼DSC—T10相机，因其高分辨率和尖端科技，会产生梦幻般的拍摄效果。但是它仍然无法与专业消费型相机的灵活性及良好的操控性相提并论。

除上述外，专业消费型相机还具备了一系列特色功能，它们可与更昂贵的专业型相机媲美。例如，大部分专业消费型相机配备了质量较好的光学变焦镜头，使你可以从远处拍摄细节，或者在画面中产生景深效果。专业消费型相机还配备了可供选择的自动曝光控制按钮，使你在特定场景（如夜晚、工作室）或动态拍摄时更加便利。而且，大部分专业消费型相机还有内置闪光灯和用于外置闪光灯的热靴，以及一系列标准控制设备，包括自动计时器、微距拍摄功能以及带图像编辑功能的液晶屏幕。它还应具备全手动模式，使你可以自由地调整曝光和光圈设置。若没有此项功能的话，这种专业消费型相机将和更便宜的小型袖珍相机的用途相差无几。

这些设备使你可以拍摄出和专业级数码相机难分伯仲的图像。最近，佳能、索尼、柯尼卡–美能达和尼康生产的各款相机，其像素都超过了600万，甚至在1000万以上，这意味着它们拍摄出的照片即使打印在比A4纸还大的纸上，也能具有很高的清晰度。

专业数码相机

专业数码相机的功能比专业消费型相机更多，除了给使用者提供几乎遍布机身的全手动控制按钮之外，还具备了单镜头反光式相机（SLR）的功能。

对于摄影师来说，数码单反相机具备了两项优势：首先是通过镜头取景，因此便可以确定每张拍摄的照片都是你实际看到的；第二项优势在于，可以在数码单反相机（SLR）上换装其他类型的镜头。也就是说，你可以另外购买镜头，比如鱼眼镜头和广角镜头，然后装配到数码单反相机上。这对于从传统摄影向数码摄影过渡尤为理想，因为，他们可以选择在自己的新相机上使用原来的镜头——前提是其镜头卡口

佳能Powershot G7是一款高端专业消费型相机，配备了1000万像素的CCD和6倍变焦光学镜头，以及一些特色功能，如自动对焦和人脸检测技术。

像富士S9100这类相机以更加方便的多种功能合一的方式达到了专业级水准。

尼康D40是一款入门级的数码单反相机，通过降低价格，将数字科技带给了醉心于摄影的爱好者。

是兼容的。值得一提的是，这样的配备有些小瑕疵。每次在专业数码相机上换装镜头时，CCD传感器便暴露出来，容易沾上灰尘，这会对拍摄的图像品质产生较大影响。

上文已经提到，专业数码相机可提供高达1400万像素的巨大功能，拍摄的画面可打印在招贴画大小的纸上。这种捕捉细节的能力在随后编辑图像时是十分理想的。此外，还可以采用每通道16位的RAW文件格式保存高质量的照片。

百万像素

"像素"这个术语用于表示拍摄时数码相机能够记录和存储图像细节的数量。假如在8×10（英寸）相纸上打印的话，400万像素和600万像素的图像看不出太大的区别，这种区别只有在图像编辑时才显而易见。为了打印出真实画质的图像，当分辨率设置在每英寸300像素时（300dpi），需要打印输出像素同样大小的照片，才能出现真实的拍摄效果。400万像素相机捕捉到的像素值，可以在8×10（英寸）相纸上打印。但是，对于600万像素的图像来说，此外还剩下50%的像素由你支配，使你更加挥洒自如。你可以放大图像的某个部分，扩大或者处理图像，而不必担心出现锯齿状的处理痕迹。假如对作品不满意，可以进行剪裁，因为有足够的像素信息，完全可以创作出一张满意的照片来。

扫描仪

不久以前，扫描仪还属于奢侈品，能够扫描正片的扫描仪尤其如此。现在，扫描仪的价格已经下降，以相对低廉的价格就可以买到完全可以接受的产品。当然，如果你计划利用扫描仪制作高品质的图像，比较明智的做法是考虑选购市场上的一些较高端的产品。

总的来说，市场上共有三种可用的扫描仪。其中，最高端的是滚筒式扫描仪（drum scanner），价格不菲，工作原理是将胶片附在转动的镜鼓上，同时光源将一束光投射到上面，然后将其转变成数码信息。最低端的是平板扫描仪，工作原理是通过在玻璃面板上移动CCD阵列传感器完成扫描。这种扫描仪花100美元就可购得。然而，如果希望用来处理幻灯片等正片扫描，大部分摄影师应该选择具有更强功能的扫描仪，也就是专业底片扫描仪。

专业底片扫描仪的价格比平板扫描仪要贵，它运用人们通常称之为线性阵列的一排传感器，将光束缓缓射过正片底片，并将图像扫描到传感器上。大部分此类扫描仪可以处理35毫米的胶片，改进版还可以处理APS暗盒。假如你是一位传统摄影师，欲向数码摄影转行，或者用胶片拍摄，然后将正片底片数码化，即将胶片幻灯片转行成可编辑的数码文件时，专业底片扫描仪是必不可少的。然而，假如此类扫描仪不是你的首选，或许可以购买价廉物美的平板扫描仪，这也是理想的选择。事实上，许多现代平板扫描仪也配置了处理正片的附加装置，同样可以制作出令人满意的图像。

在任何情况下选择适合自己的扫描仪时，需要关注该产品的功能特征。或许，最重要的就是其光学分辨率了。此概念和扫描仪能够捕捉到的像素数量息息相关，其衡量单位是每英寸的点数，或称dpi。总的来说，对于大多数数码摄影师来说，300dpi的最大分辨率已经足够。在购买扫描仪时，不要将分辨率和"内插分辨率"混淆了，后者指某些扫描仪是通过有效"估计"额外像素去增加分辨率，这样获得的图像质量是无法与真正感光成像的图像相比的。

色深（colour depth）则是通过"bits"来衡量的，这是购买者应该注意的另一个要素。此概念指的是计算机用以存储色彩信息的单位数。大部分扫描仪和数码相机具备了24位色，每个通道分配了8位的RGB（红、绿和蓝色）通道数据，总共有1680万色。更高端的软件，如Adobe Photoshop可以具备48位色，每个RGB（红、绿和蓝色）通道有16位，总共达数十亿色。这看似多余，但它确实能够帮助你在操作过程中保留色彩的准确度。然而，假如你的图像编辑软件只有24位色，那么购买48位色的扫描仪也是于事无补的。

请记住，扫描仪不应局限于扫描照片和幻灯片，许多摄影师还将扫描纤维用于图像的背景，或在Adobe Photoshop等程序中用于高品质的材质贴图。

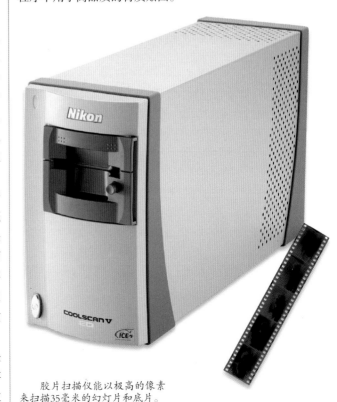

胶片扫描仪能以极高的像素来扫描35毫米的幻灯片和底片。

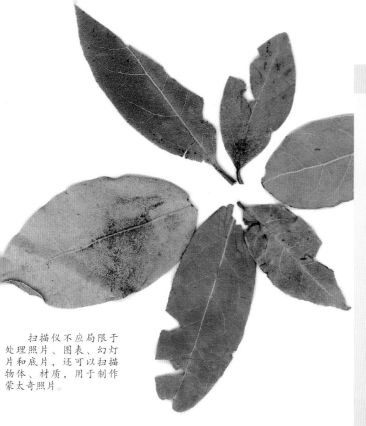

扫描仪不应局限于处理照片、图表、幻灯片和底片，还可以扫描物体、材质，用于制作蒙太奇照片。

扫描质量和分辨率

对于扫描仪来说，分辨率或许是人们误解最多的参数了，问题在于你需要的是打印输出的内容，而非扫描的对象。比如说，如果你创作的图像用于网页屏幕展示，或是用于幻灯放映的话，你的图像只需在17英寸显示器上以每英寸72像素的大小展示就够了。然而，用于打印的话，你的图像就要将分辨率设置为300dpi。由此，以300dpi标准打印的8×10（英寸）图像就要求你的图像必须为3508×4961像素。同样，如扫描了一张8×10（英寸）图像并且打印在8×10（英寸）的相纸上，就非常容易了：只需以300dpi扫描就行了。然而，如扫描4×6（英寸）图像，并且以同样的尺寸打印，则需要以400dpi扫描了。如果想核实是否以正确的像素进行扫描，只需在图像编辑软件中创建一张和该文件尺寸和像素大小相仿的空白图像。这能使你准确地衡量该扫描的图像尺寸大小是否合适。扫描仪的另一个问题是有可能产生干扰图样，这种情况通常发生在从书本或杂志上扫描印刷材料时。即使出现这一情况，也可以利用扫描仪软件或在图像编辑时加以处理。

许多高级的平板扫描仪还内置了处理幻灯片的附加装置，可以用有效的分辨率来扫描幻灯片和底片。

计算机

编辑数码图像是一项极其耗时耗力的工作，在处理高分辨率图像时尤其如此。你的计算机需要配备快速处理器、大容量硬盘及内存。明智的做法是，用另外的设备拷贝一份图像的备份，以预防灾难性事故的发生。

家用计算机

许多图像专业人士偏爱苹果Mac计算机，还有人用PC机，这两种计算机都可以制作高质量的图像。PC机的优势在于用户广泛，许多制造商都竞相生产，因此价格更便宜，而且可利用的软件范围也更广。从另一方面说，苹果机的特征是其界面更具吸引力，也容易学习和使用，并且配备苹果公司自己的创意设备——iPhoto、iMovie、iTune和Garage-Band——而且都是内置的。PC机和苹果机可以运行Photoshop，两种版本其实是类似的，除了键盘快捷方式不同。

现今，我们完全可以购买一台PC机，配置数码图像编辑所需要的所有软件，即开即用。然而，你还是会选择适合自己的计算机系统。这意味着，你需要选购足够快的计算机处理器，可以进行图像处理，并安装足够大的内存来运行强大的程序，如Photoshop；同时还意味着，需要足够大的硬盘空间来容纳巨大的数码图像文件。

总的来说，理想的PC机配置应该包括120GB的硬盘选购、1GB的内存以及2.5GHz的奔腾处理器。苹果机用户也应该选购类似的配置，配备因特尔处理器，因为最新版本的Photoshop的设计运行系统为Intel Mac。这些配置可以运行几乎所有的图像编辑程序，而不必眼巴巴地盯着活动进程标识一点一点地慢慢显现。

需要考虑的另一项内容是计算机使用的显卡或显卡芯片组。10年前，它们的功能仅仅是提供计算机和显示屏之间的界面，现在已有了自己的快速处理器，可以加速二维尤其是三维的显卡。如果你想使用三维配置和二维图像编辑器，支持OpenGL（一套三维显卡指令）的快速显卡是必不可少的了。几乎所有新的PC机或苹果机都配置有OpenGL支持硬件，但是它们表现出的功能迥异，所以在购买计算机之前需要认真考虑。

大的PC机制造商，如戴尔，生产的台式机功能完全能够胜任图像处理工作。你不需要花费额外的资金购买专业的工作站来处理数码影像。

苹果MacBooks机型是一款具备图像编辑功能的笔记本电脑，屏幕很大，图像处理能力突出。

显示器

　　显示器有两种不同的类型。有些还使用CRT（阴极线管）屏幕，和大多数电视机上使用的类似。它们能显示高质量的图像，缺点是体积太大、过于笨重。假如你桌子的空间有限，那么或许你要考虑购买液晶显示器了。它比前者要贵得多，但占据的空间要少很多。尽管人们依旧在争论哪种显示器提供的图像最好，显而易见，两者各有优势：CRT显示器更明亮，但是好的液晶显示器能提供更好的清晰度。在购买显示器时，应尽可能购买最大的屏幕，它将使图像编辑工作更容易。

存　储

　　不管计算机的硬盘有多大，你迟早都可能把它填满。为了存储珍贵的文件，你需要购买外部存储装置。你可以有很多选择，比如购买移动硬盘，其容量从60GB到1000GB不等。移动硬盘可连接到你的计算机上，可以存储成千上万的数码影像资料。如果想节约一点，也可以考虑购买CD或DVD光盘。压缩光盘可存储多达800MB的文件，而DVD可存储4.7GB的文件。对于很多人来说，这已经足以用于归档和分类了。

打印机

 数码摄影师必须具备的第三件，也是最后一件设备，就是打印机。高级的激光打印机可以高速打印出始终如一的卓越图像，但是对于非专业人士来说，其成本令人望而却步。同时，价格便宜的喷墨打印机也可以打印出质量较好的图像，但是它也有隐性的开支——墨水和打印纸可不便宜！

喷墨打印机

现今，即使最便宜的喷墨打印机也可以打印出高质量的图像，价格昂贵的打印机更可以打印出具有画廊展示效果的图像。就像数码相机一样，打印机的类型很多，正因为如此，购买打印机时需要考虑几项重要参数。

一直以来，分辨率都是首先要考虑的因素，但也不是绝对的。打印一般的图像，它应该具备300ppi的分辨率，大部分喷墨打印机都提供至少1200dpi的分辨率，有的甚至高达2800dpi。喷墨打印机的工作原理是将3色、4色或6色的微小圆点喷射在打印纸上，这些色彩被分层排放或振动成图案，从而形成图像中的不同色彩。这就使得圆点的大小成为一项重要的因素：这些点越小，图像品质越高。好的打印机的标准为每像素多达36个圆点，但是一些便宜的打印机提供的可能仅仅是其一半，打印质量自然也不可避免地受到影响。正是出于这样的原因，假如你将作品用于展示的话，选购2800dpi的打印机是明智的。

然而，分辨率并不代表全部要素。大部分喷墨打印机使用4种颜色的墨水来打印——青色、红色、黄色和黑色，还有一些使用6种颜色，除了上述4种颜色，还有浅蓝色和浅红色。因此，后者打印出的效果更加真实。但是，这也存在一个缺点，喷墨打印机墨盒中的墨水很快会耗尽，而更换墨盒会很昂贵——有时，一只墨盒可能会花去整个打印机四分之一的价格！所以，要确定你购买的打印机是可以分颜色单独更换墨盒的，以尽量减少墨水的用量。有些便宜的打印机在一种颜色用完后便需要更换整只墨盒，这代价太昂贵了。

染色打印机

现在，一些打印机和相机生产商生产小型染色打印机，特别用于照片的打印，供顾客选择。此类打印机的工作原理是使固体颜色汽化，附着在纸张上，打印出色调一致的图像，它们和普通照片的品质完全可以媲美。不幸的是，这些打印机只能打印尺幅有限的图像（通常是4英寸×6英寸）。大型的染色打印机可用于专业打印和图形制作，但是购买和维护的费用很贵，令人望而却步。

激光打印机

第三种选择就是激光打印机了，其价格越来越便宜，打印质量和不使用特殊纸张及墨水的喷墨打印机几乎不相上下。因此，假如以较大格式打印图像的话，选购此类打印机是最划算的。但是，只有大量打印，使用此类打印机才物有所值。结果是，只有打印和制图专业人士才使用此种技术。

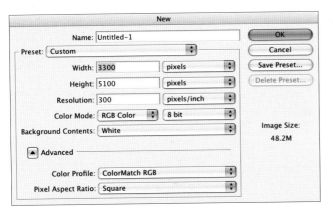

为了打印，图像的分辨率应该尽量靠近300dpi。如画幅为11×17（英寸），就意味着这是一张具有1500万像素的图像。这也是大多数专业摄影师尽可能保留所拍图像全部像素的原因之一。

爱普生Stylus Photo R1800是一款高画质喷墨打印机，有8个单色及5760×1440dpi分辨率。

纸张的重要性

　　高分辨率喷墨打印机和高质量的墨水，只有通过纸张，才可以打印出优质的图像，这是使用喷墨打印机打印的另一项开支。如果在标准的复印纸上打印图像，其结果是，打印效果较差，颜色单调，而且缺乏细节。这是因为小墨点打印在复印纸上后，渗入了纸张表层，流入了纸张的粗糙颗粒之中。专业相纸使用了亚光或者亮光涂层，使墨水停留在纸张表层，而且特定的纹理表层不会使墨水向四处扩散。大部分喷墨打印机生产商都会建议你使用生产商自己的打印纸。从这方面说，这些纸张的设计原理和墨水及打印技术是相匹配的；而另一方面，也导致其价格昂贵。其实，第三方生产打印纸也能提供极佳的效果。

　　佳能ip6700D具有9600×2400dpi的分辨率以及直接从储存卡或相机打印图像的能力。其LCD液晶屏幕使你不用计算机就可以预览并打印图像。

图像处理软件

对于数码摄影师来说，软件是一笔极大的创作财富，包括图像编辑软件、三维风景制作软件、编目软件和特殊效果插件。大多数数码摄影师熟悉的是Adobe photoshop图像制作软件，或者是改进后的较新版本Photoshop Elements。

制作超现实数码影像其实就是对图像进行创造性的操作。即使免费的软件包，如iPhoto、Graphic Converter或者PictureIt，也提供了基本的图像修复功能，而进行图像处理的功能却要复杂得多。此类图像编辑软件不止一种，但是，所有图像编辑软件的鼻祖是Adobe Photoshop，这是毋庸置疑的。从20世纪80年代诞生以来，Adobe Photoshop已经成为PC机和苹果机图像编辑平台上的标准软件。现在，第10版的Adobe Photoshop可以使你对所拍摄的图像进行完全的控制——你可以对图像作任何的处理。不幸的是，此功能还有几项缺憾。首先，Adobe Photoshop软件不容易掌握，其学习难度较高，尽管有不少手册和教程有助于人们了解该软件。其次，其价格昂贵，可能会吓退许多非专业数码摄影者。

幸运的是，Adobe还提供了一个简缩版本的Photoshop软件，称之为Photoshop Element，它以较合适的价格提供了前者的大部分功能。对于大部分初次涉足数码图像编辑领域的人来说，Element的功能基本可以满足其创作需要。确实，其更加简单的界面使人们很好地认识了Photoshop软件。你在使用过Element软件并运用自如之后，或许就应该升级并使用全部功能的版本了。

在PC机上，还可以关注Paint Shop Pro软件。它是Photoshop的竞争对手，价格较低，具备了许多类似功能，尽管有时界面比较笨拙，却带有一些超强功能的工具。

Adobe Photoshop

Photoshop提供的功能太丰富了，以至于用户可能会感到无从下手，但有些功能是会被频繁使用的。其中，首当其冲的是Photoshop的色彩控制功能，以及控制色彩通道、色彩曲线、亮度和对比度、色相和色调层次的调整程序。这些特色功能可以对图像中的色彩进行微调，方式为调整图像的全部色彩通道或其中的单个色彩通道。

对于数码摄影来说，另一项特色功能就是图层。图层像是层层叠放在图像上的半透明描图纸。你可以选择和复制图像中的要素，将其放置在某个层次，并独立地操作不同的层次。通过使用一系列的预置混合模式，你还可以控制不同层次的不透明度，以及不同层次之间的关系。你可以创建并调整层次，这使你可以控制色彩及色调的变化，并极其精确

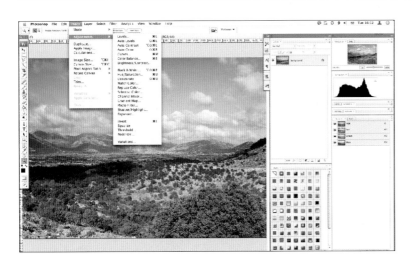

Photoshop的界面非常复杂，使用者可能会望而却步。但使用了一段时间之后，你会习惯这些丰富而强大的功能的。

Photoshop Elements软件的界面和其老大哥Photoshop有着许多相同之处。Elements凭借自身的功能，依旧是一款强大的软件，可帮助用户进行数码图像编辑。

地影响你的图像。当编辑图像时，图层会赋予你极大的灵活性，我们将在随后的篇幅中作进一步的阐述。

讨论Photoshop就必然会提及其滤镜功能。它具有数十种滤镜功能，每种的作用都不相同——有些非常有用，而另一些用处不是很大。滤镜功能的作用是改变整张图像或图像中某部分的外观，如模糊或者突出图像的主要部分，使图像的部分内容扭曲变形，甚至将其转变成数码水彩画或粉笔画，而且，这种作用是不可低估的。记住：这仅仅是冰山一角，一旦使用之后，你会被Photoshop的强大功能所折服。

Elements

要讨论Photoshop Elements软件，就必须谈及它和Photoshop正式版之间的关系。因为这两种软件的界面或多或少是相似的，工具栏安排在屏幕的两侧和顶部，加上可下拉的菜单指令和可移动的调色板。确实，在特色功能方面，两者几乎没有太大的区别，都提供了色彩调整、图层和滤镜功能。两者最大的区别在于，Photoshop提供了更复杂的色彩调整功能，并具有制作CMYK图像的能力——假如你从事专业出版的话，后者便是一项必要的特色

功能。但是，假如你用普通喷墨打印机打印图像的话，此项功能就无关紧要了。所以，Elements是一种优秀的图像编辑软件，也是初学者理想的入门软件。

Paint Shop Pro

对于PC机用户来说，Paint Shop Pro是除了Photoshop之外值得推荐的软件之一，所有标准的图像编辑工具都纳入了该程序中。除此之外，还有高级编辑特色功能和有用的图像浏览器，其价格比Photoshop要便宜得多。

图画板（Graphics tablet）

对于数码摄影师来说，图画板（Graphics Tablet）是鼠标的有趣替代品。图画板对压力感觉灵敏，并且配备了一支特殊的笔。在使用Photoshop或Painter的画图工具时，这种笔特别有用。用该笔重重下压会增加墨水的流出，反之，轻轻下压则减少墨水的流量。图画板的大小种类非常多，从4×5（英寸）至12×18（英寸）不等。

图像操作软件

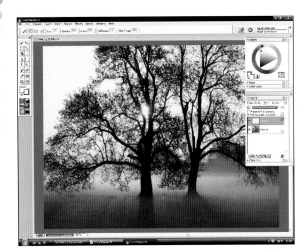

尽管不是一款专用的图像编辑软件，Corel Painter却提供了一些有趣的功能，包括给图像加入纹理背景的功能。

Painter

Photoshop的另一个替代品是Painter。尽管不是一款严格意义上的专用图像编辑软件，Painter却提供了许多Photoshop具有的高级色彩控制、图层和滤镜等功能。Painter和Photoshop的不同之处在于，前者使用真正的绘画工具。Painter提供了各种绘画手段的数码再创作功能，包括油画、水彩、粉笔、铅笔，甚至魔术笔。这对于那些希望在图像中加入绘画效果的数码摄影师来说尤其有用。

Corel Photo-Paint

作为Corel's CorelDRAW的图像套装软件，Photo-Paint提供了和Phtoshop类似的一些特色功能，只是界面更加专业化，而且具有可从背景和附加的创造性功能中遴选出多种前景选项的强大工具。早期版本比较便宜，可以用不多的钱购得一套具有专业水准的图像编辑软件。

iPhoto

购买苹果的iLife 06的用户可获得此软件，它还是购买任何新苹果计算机时额外免费提供的软件。iPhoto提供的图像编辑功能虽然有限，但它的图像浏览器用途较广，可提供编目装置和"灵活的"幻灯片显示功能。iPhoto并非专业的图像编辑工具，但不失为一款优秀的图像编辑软件。

Plug-ins

Plug-ins是一种小型外加的"小应用程序"，以支持拓展其特色功能程序。Photoshop有着种类繁多的插入程序，而且大部分其他程序，包括Photoshop Elements、Paint Shop Pro和Photo-Paint都支持与Photoshop兼容的插入程序。当然，首先要进行核实。

Corel KPT Collection

KPT或者称之为Kai的Power Tools软件，是创立已久的Adobe Photoshop最著名的插入软件之一。它包含了一套不同的插入软件，可以创建纹理、坡度和不同的效果，比如闪电和不规则碎片形图案。KPT的目标用户是具有丰富想象力的数码摄影师。KPT的界面不同寻常，许多人认为很难掌握。如果你想对图像作一些处理，它的滤镜组是无所不能的。此外，它最擅长制作独特的背景和纹理构造，这一点正适合制作蒙太奇照片。

Eye Candy 5

Eye Candy也是一套电子效果插入软件包，在给备选图像增加皮毛、火焰、阴影和斜面效果时颇为有用，尤其适合给打印加入特殊效果。但要注意，即使了解很少，使用Photoshop的标准工具也可以创建Eye Candy效果。

三维风景制作

更富创造性的数码摄影师可能会考虑选购三维风景制作程序（Landscape Creation），比如Bryce或者Vue。上述软件通过对地形、海洋、树木、天空和气候的完全控制，创建具有真实图像效果的风景画面。要想熟练地使用它们，需要掌握一些基本技能并具备一定的实践经验。这一软件尤其适合超现实主义摄影师，因为你可以创建自己的世界，然后在其中加入拍摄的人物或景物。

Bryce 6

Bryce是最著名的三维风景制作程序，曾经数年无人问津，现在重新流行起来。通过它所提供的最高设置，你可以创建和实物几乎难以分辨的三维场景。该程序的特征为具备一个"有机"界面，此设计可以加速运行速度。风景被创建成多边形，可以在图像框内的任何位置进行编辑和放

Eye Candy插件提供了一系列的特殊效果，包括给图像加入水滴的功能。

用Bryce软件，你可以不出家门就能够"拍摄"异域风情。然后将图像导入Photoshop，将其用作蒙太奇图像的异域背景。

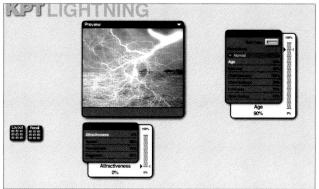

KTP独一无二的界面是创作者的理想助手。这里给海景加入闪电效果。

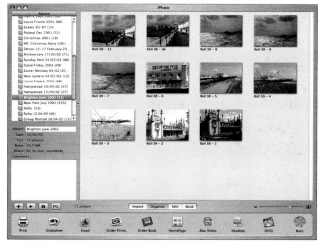

苹果的iPhoto软件免费提供给每款新的苹果计算机，是一种非常有用的图像编辑程序。该程序不仅包含了基本的亮度、对比、检视和修正工具，还擅长进行图像编目。

置。Bryce还可以控制天气和时辰。此程序甚至包含了一个Tree Room，在里面你可以创建自然的树木，可以从其他程序引入三维模式，或者使用自己的图像作为背景。其结果可以制作成各种各样的格式，包括分层次的TIFF文件，后者可以存储为用于Photoshop的通道和蒙版。

Vue 6

Vue在PC机和苹果机平台上都可获得。它也是一款功能强大的三维风景制作程序。该程序最初为一款插件，现在是一个独立系统，拥有Bryce的许多特色功能。Vue现在被认为是该领域的顶尖产品，和Photoshop能够完美兼容。

编目软件

尽管Photoshop现在包含了自己的图像浏览器Bridge，但是图像的整理编目还是需要某种特殊工具。比如Extensis Portfolio（从www.extensis.com上可获取）和Expression Media（iView

MediaPro的最新版本，现在为微软公司拥有；可通过www.microsoft.com/expression下载）等程序也是有所帮助的。这些程序使你能够以简单易懂的方式在图像库中进行归类、组织、归档和搜索。

色彩管理

图像编辑紧跟潮流带来的最大好处之一就是，你不需要太多的操作技术就可以进行编辑。然而，假如你想恰当地编辑图像，就需要懂得一些色彩管理方面的知识了。能够把打印出来的色彩和在显示屏上看到的达成一样的效果，的确是一门学问。如果懂得一些基本知识，就可以办到。

使用计算机编辑图像时遇到的最大问题，便是屏幕上显现的色彩和实际打印出来的不一致。比如，天空的深蓝色，在屏幕上看起来很纯正，然而打印出来之后，它可能会失去色相——这种差别可能很细微，但会对图像产生很大的影响。发生此情况的部分原因在于：显示器的设置不正确、色彩设置得太暗、对比度太高或太低等。更复杂的是，计算机屏幕上的色彩以像素中存在的红色、绿色和蓝色（RGB）进行描述，而打印色彩则以青绿、洋红和黄色墨水来描述，两者的匹配并不是如你想象的那么简单。

为了对付这种色彩差异，有必要校准你的显示器。此项工作没有听上去那么难——你只要应用色彩管理系统，简称为CMS。一种简易的方式就是使用ICC软件。该软件由International Color Consortium开发，它可以改变显示器上显现的色彩，使这些色彩和你用来打印图像的设备相匹配。

许多打印设备，如喷墨打印机，都附带有软件安装光盘，这些光盘便包含了该设备的ICC色彩软件。在视窗或苹果机显示器的色彩控制板上，你需要做的就是选择打印机的ICC软件以及和你屏幕上匹配的色彩。因此，你最好先决定打印图像的方式，如想要把图像送到打印社去，可以向对方要一张ICC色彩描述软件的拷贝。

假如在家用喷墨打印机上打印图像的话，进行色彩调整是一个不错的想法，如果送到其他地方打印的话，这种做法就是必不可少的了。使用ICC软件时，可以将打印出来的、包括中性色调（如肉色或天空）的图像与显示屏上的进行对比，也是一种很好的做法。这应该是一个持续的提炼过程，直至获得乐于接受的打印结果。在做这些工作时，一定要存储一份色彩设置，这样，无论何时打开新图像，都可以将它安装在图像编辑软件中。

文件类型

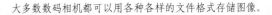

大多数数码相机都可以用各种各样的文件格式存储图像。

JPEG

这是最普通的格式，也是大部分数码相机使用的标准格式。JPEG使用复杂的压缩方式来输出高品质的打印效果，并且以最小化保存文件。以最低压缩或最高品质设置的话，JPEG文件可以输出较好品质的打印效果。然而，以最高压缩设置的话，会丢失细节，人们称之为"人工制品"的瑕疵就会出现。如果你的相机只能以JPEG格式存储图像的话，建议你在编辑前将它们转变成一般性的Photoshop格式。

TIFF

有些相机可以存储TIFF文件的图像。这些图像没有经过压缩，支持24位色彩，可以打印出极高品质的图像。TIFF还包含了不会丢失的LZW压缩功能，它可以将文件的大小减少一半。如果想打印出具备全部细节、不会出现"人工制品"风险的较好品质的图像，请使用TIFF文件。

RAW文件

高端的专业数码相机可以存储RAW格式的文件，它就像是"数码负片"。这种格式存储的细节水平和TIFF相同，但是色彩信息更多（如相机支持的话，RAW可存储每通道16位色），还有诸如相机焦距和曝光设置的附加信息，都存储在文件之中。它当然也有缺点：RAW文件可能会是JPEG文件的8倍大小，这意味着数码相机的存储卡会很快填满。许多图像编辑程序需要特殊的插件才能打开RAW格式的图像。

Adobe Photoshop中的色彩管理

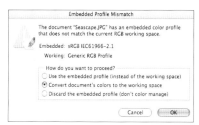

不匹配

打开Photoshop中的任何数码图像，便可以应用帮助进行色彩管理进程的诸多选择。

习惯设置

更好的选择是安装已经调整完毕的设置来适应打印设备。在此情况下，我使用的是Hewlett Packard彩色喷墨打印机。

未经转变

使用Use the embedded profile选项，使图像具有拍摄该图像的数码相机提供的色彩资料。在此，最终结果未能令人满意，整幅图像的色彩太柔和，天空的蓝色也不够浓郁。

经过转变

使用"转变文件色彩至有效空间"（Convert document's colors to the working space）选项，把文件的色彩转变成当前Photoshop中使用的相同文件。这次的效果还是不够完美。

打印设置

安装了这些设置之后，图像被转变到打印机工作的有效彩色空间。这便增加了对比度，加深了图像中的蓝色。更重要的是，因为这些设置经过调试，适合特定的打印机，图像打印出来的效果和屏幕上显示的别无二致。

毋庸置疑，必须首先了解规则，然后才能打破规则。为了创作有效的超现实数码影像，首先要了解图像编辑的基本知识——制作备选图像、加入纹理、使用滤镜以及进入该领域所需的其他技巧。本章将介绍创作成功的超现实艺术作品所需的工具。

特殊效果工作室

制作备选图像

合成图像是创作超现实数码影像必不可少的组成部分，而完美合成的关键是，当图像要素和其他图像紧密结合在一起时，能够将这些图像要素分离出来。在此，我们将了解Photoshop提供的各项工具，可以任加以使用的、创建精确的备选图像（其他大部分图像编辑软件包也提供类似的选择工具）。

选框工具（Marquee Tools）

选框工具是Photoshop选择工具中最容易掌握的，正因如此，它们的功能略显有限。但是，如果图像合适的话，结合其他复杂工具，它们也一样能发挥很好的功效。

1 我们使用了"椭圆选框工具"（Elliptical Marquee Tool）来制作夏季傍晚拍摄的月亮备用图像。按Shift键，同时拖动选框工具光标，便画出了一个完美的圆形。

2 通过点击"选择"（Select）>"羽化"（Feather），输入2像素数值，备选图像的边缘便变得柔和，目的是在复制（Ctrl/Cmd+C）和粘贴（Ctrl/Cmd+V）该图像时，可以将"移动"（Move）工具移到图像的其他区域，不会出现难看的锯齿边缘。

1 "矩形选框工具"（Rectangular Marquee Tool）的工作原理与上述类似。在此实例中，我们从一张图像中制作了一张简单的矩形备选图像，并且像以前一样略微进行了羽化处理。现在，将选中的天空图像拉到男孩跳入大海的图像上方。

2 在安放和调整天空图像的大小之后，点击"编辑"（Edit）>"转变"（Transform）>"缩放"（Scale），为了将它刚好填入海洋图像的合适位置，选择"图层"（Layer）>"平铺图像"（Flatten Image）选项。图像平铺之后，接着降低图像的饱和度（Ctrl/Cmd+Shift+U），然后点击"图像"（Image）>"调整"（Adjustment）>"色相"（Hue）>"饱和度"（Saturation），以增加整体色调，这使得两幅图像得到了完美的结合。

套索工具（Lasso Tools）

　　套索工具在分隔所编辑图像的不同区域时非常有效。然而，由于在复杂图形上很难控制，所以，它们在作为"裁剪"选取工具时作用有限。

1 为了改进图像，我们使用多边形套索工具（Polygonal Lasso）来选取一束束阳光。使用多边形套索工具在点击的第一和第二点画出直线，直至回到出发点，这样选取便告完成。在选取一束束阳光时，我们使用半径值为20的"羽化"功能。

1 在此例中，使用套索工具来制作背景山脉和中距离部分海洋的粗略备选图像。作为一款徒手画工具，套索工具很难控制，尤其是处理复杂图形时。但是，在分隔不需要准确界定的大块区域时，这种功能非常理想。在制作完备用图像后，我们以半径值为50将其羽化。

2 现在，通过点击"图像"（Image）>"调整"（Adjustments）>"色阶"（Levels）（Ctrl/Cmd+L），可以调整不同光束的亮度值，为的是使它们在黑暗的天空中更加凸显出来。

2 通过选择"滤镜"（Filter）>"模糊"（Blur）>"高斯模糊"（Gaussian Blur）并输入5到10的值后，可以将背景略微置于焦点之外。这将拉大景深，并使观赏者的焦点集中到前景的船上。

提　示

　　假如发现"蚂蚁线"（martching ants）备选图像饰边，使得任何图像编辑和改进的效果难以判断，那么就按Ctrl/Cmd+H键来隐藏该备选项。当对图像改进操作满意之后，再次按Ctrl/Cmd+H键来显示该图像饰边。

更多选取工具

磁性套索（Magnetic Lasso）

磁性套索工具通过比较像素的色调或色彩值来确定物体的边缘，这些像素的色调和色彩值及背景共同组成了物体的边缘。只需沿着物体的边缘拉动光标，磁性套索就会自动跟踪物体的边缘，投放在正方形的支点上。假如该工具偏离轨迹，只需点击回车键，最后支点将被撤除。磁性套索工具毫无疑问是一个十分聪明的创意。但是，使用过程中可能会感到很麻烦，故一般很少作为制作备选图像的首选。

魔棒（Magic Wand）

该程序中最早纳入的选取工具之一是Photoshop的魔棒，它通常是人们制作备选图像时的首选工具。它使用方便快捷，操作容易，能在合适的条件下提供理想的效果。

2 使用魔棒工具时，首先点击右上方角落，用鼠标选取额外的天空区域，同时按下Shift键。魔棒选取同样色调和色彩的像素值——方式和增加或减少"工具选项"（Tool Option）栏中的"色差"（Tolerance）设置一样，魔棒将选取更多或者更少的像素。

3 不到一分钟后，整个天空图像选取完毕。对选取对象进行羽化，以掩饰任何的锯齿状边缘，然后移动天空图像，留下完美的向日葵剪裁图样。通过点击"选取"（Select）＞"倒转"（Inverse），可以选择向日葵而非天空。

1 这张向日葵的图像是魔棒选取的理想对象。向日葵的轮廓处于亮度一致的天空前端，可以通过魔棒轻而易举地进行选取并进行加工处理。

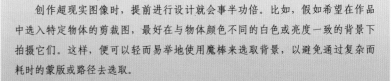

提　示

创作超现实图像时，提前进行设计就会事半功倍。比如，假如希望在作品中选入特定物体的剪裁图，最好在与物体颜色不同的白色或亮度一致的背景下拍摄它们。这样，便可以轻而易举地使用魔棒来选取背景，以避免通过复杂而耗时的蒙版或路径去选取。

路径（Paths）

对于那些无法用魔棒进行选取的复杂图形（因为背景或物体在色彩方面不一致），Photoshop提供了"画笔"（Pen）工具，可用于在物体四周创建"路径"。创建路径这种技法较难掌握，但是效果十分精确。

1 这一堆石块构成了一个极其复杂的形状。不规则的背景用魔棒无法进行选取，石块本身也是如此。

3 数秒钟之后，在图像中所显示的石堆周围开始形成一条准确的路径。操作这个路径需要进行练习，但是一旦掌握之后，创建复杂的路径就轻而易举了。

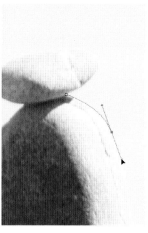

2 为了完成复杂的剪裁，选用Pen工具，选用"工具选项"（Tool Option）栏中的"路径"（Paths）图标。现在点击石堆边缘的任何地方，创建一个定位点。点击下一个标点时，压住鼠标，便会出现一条垂直线穿越图像连接两个定位点。把这条线向上或向下拉，改变路径曲线。一旦曲线和轮廓完全吻合，就放开鼠标，然后点击另一定位点，重复上述过程。

4 运用制作完成的路径，通过使用"直接选取"（Direct Selection）工具编辑定位点的方法，可以对路径进行微调。当对路径的准确性感到满意之后，点击"路径"（Paths）调色板里作为选取图像的"载入路径"（Load Path），之前我们熟悉的"蚂蚁线"便出现在备选图像的四周，然后就可以裁剪图像中的石堆，或者进行独立的编辑。路径的主要好处之一就是，一旦创建完毕，它们便成为图像资料的组成部分，只要认为有必要，任何时候都可以重新进行图像移植。

色彩范围（Color Range）

　　Photoshop的"色彩范围"（Color Range）工具和魔棒类似，但是通过使用滑杆控件可以对色彩实现更好的控制。该滑杆控件可以控制"色差"（Tolerance），进而控制选取的范围。

1 操作对象是该图中的蓝色瓶子，目的是降低图像中其他部分的色饱和度。也可以使用"魔棒"工具，但过程耗时良多且需要多次点击，而使用"色彩范围"工具则要简单得多。

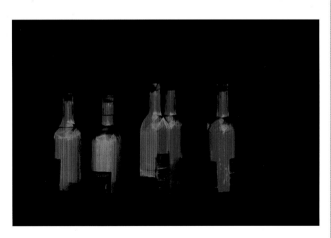

2 首先选用"吸管"工具（Eyedropper），在任何一只蓝色瓶子上点击。下一步，选用"选项"（Select）>"色彩范围"（Color Range），点击"色彩范围"（Color Range）对话框。将"颜色容差"（Fuzziness）滑杆向右移动，一个宽广的蓝色（基于吸管工具选取的蓝色）区域就合成了。在此，我们将滑杆拉到了最大值200。

3 当对选取情况满意时（可以用色彩范围对话窗口中的吸管工具"+"和"—"图标进行添加或者删减），点击"OK"，选取图像便显示在主窗口上了。

4 现在，只要选择"选项"（Select）>"倒转"（Inverse）来选取除了瓶子外的任何事物，然后使用"图像"（Image）>"调整"（Adjustment）>"去色"（Desaturate）使选中的图像达到颜色不饱和的状态。

抽取（Extract）

　　对于用Photoshop软件包选取工具的初学者来说，"抽取"（Extract）指令可用于单独选取各种类型的对象。该工具最大的功能或许在于选取有皮毛或毛发的目标图像。

3 一旦轮廓完成之后，需要做的便是点击"填充"（Fill）工具，给抽取区域自动"上色"，然后点击"预览"（Preview）。这将显示抽取区域的预览画面，并且可以运用"清除"（Cleanup）和"删除"（Touchup）工具进行修饰。在此例中，我们需要将白色狗尾巴周围的区域变得整洁，除去一些杂草，还要收拾白色狗和棕色狗重叠的部分。

1 我们来看"抽取"（Extract）工具是如何将白色的狗从图像背景和另一条狗的重叠中分开来的。方法是：启动该工具，选择"滤镜"（Filter）＞"抽取"（Extrac）。

2 一个对话窗口显示了待操作的图像。第一步就是用"抽取"（Extract）工具中的"轮廓色"（Highlighter）选项，在需抽取的对象四周画出轮廓。

4 对预览图像进行上述操作之后，点击"OK"，目标图像便从背景中抽取出来了。

快速蒙版（Quick Mask）

　　就像Photoshop和其他图像背景软件中的许多选取工具一样，快速蒙版在和其他选取工具共同使用时效果最佳。在下面的例子中，使用魔棒工具制作初始备选图像后，我们将使用快速蒙版模式。

1 通过使用魔棒选取尽可能多的背景的方式，对这些梨子进行选取操作。只需点击魔棒数次，便可选取大部分背景。

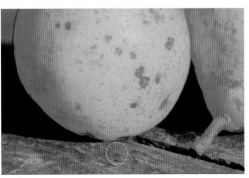

2 再点击数次，便成功地用魔棒选取了前景中相当大的部分。但是，用该工具选取图像最前端、焦点正中央的木质纹理却是不可行的。点击工具栏底端（或键入Q）快速蒙版中的"快速蒙版模式编辑"（Edit in Quick Mask Mode）选项，"蚂蚁线"之外的任何事物都会蒙上一层粉红色，显示那些区域已处于蒙版状态。现在使用中等大小的画笔，用白色进行描画，可以画出不需要蒙版的木质纹理表面。

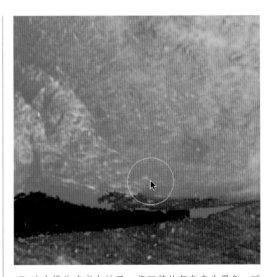

3 这步操作确实太妙了。将画笔的颜色变为黑色，可以加入蒙版，以及最初不慎被魔棒选取的梨子的边缘部分。

4 蒙版完成之后，点击"标准模式编辑"（Edit in Standard Mode，在工具栏"快速蒙版"旁边），或者再次点击Q键，回到"蚂蚁线"备选图像上。

双击工具栏中的"快速蒙版模式编辑"（Edit in Quick Mask Mode）按钮，会出现"快速蒙版选择"（Quick Mask Options）对话窗口。在此，假如系统默认的粉红色不适合图像的话（粉红色是红宝石材料的颜色，在数码成像时代之前被用于制作蒙版），可以调整蒙版的色彩；还可以调整蒙版选项，给选中的图像上色。

5 在将备选图像略微羽化后，就可以自如地完成梨子的裁剪了。

蒙版（Masks）

图层蒙版（Layer Masks）

图层蒙版具有强大的功能，能够轻而易举地把两张甚至更多的图像进行合成。浏览任何一本有图像的杂志，一定可以发现图层蒙版的效果。只要观察一下好莱坞的大型海报，就有可能发现都是利用此处展示的类似技术制作出来的。

1 第一个步骤便是选取用在合成中的图像。在此选取的是具有希腊克里特岛风情的图像。

3 为了使新图像很好地融入背景图像，选用"图层调色板"（Layers Palette），选定嵌入图像之后，点击"图层调色板"底部的"增加图层蒙版"（Add Layer Mask）图标。以柔软的圆形画笔和黑色在嵌入图像上描画，便展示出了背景图像。

2 下一步，打开一张最适合作为背景的图像。接着，只需要打开另外一张图像，将其拖到背景图像上，确认工具选项栏中的"边界控件"（Boundary Box）选项已经被选上，调整该图像的大小，并将其放到合适的位置上就可以了。

提 示

图层蒙版犹如其名，尽管各个图层是独立创建的，所有的插入模式选项（可在本书第44~45页参照详情）都可以用来影响图层相互作用的方式。有必要进行一番试验，这样才能获得最佳效果。

4 接着，在另一张图像上重复相同的过程，直到对结果满意。最好把画笔的"不透明度"（Opacity）设置为最小值，有助于将图像整合在一起。现在，我们已经以一些简单的排印方式完成了图像合成。

剪贴蒙版（Cipping Masks）

　　剪贴蒙版的概念开始时可能较难掌握，主要是因为实践和利用它们的方式太多的缘故。或许理解剪贴蒙版较容易的方式是，将它们想象成将一张待放到其他图像上的图像，并且要将其放置在一个特定区域。

1 我们将用第28页上的向日葵图像来举例，利用"自定形状"工具（Custom Shape）加入一个"思想泡"（thought buttle）。在此例中，所做的就是剪贴蒙版。工具选项栏的下拉菜单中有大量的预置图形可以利用；选择你想要的，将光标放置到图像上，将其拉伸到你期望的大小。如现在核对图层调色板，应该注意到Photoshop已经自动创建了该图形带"适量蒙版"（vector mask）的新图层。

3 为了将玫瑰花朵放入"思想泡"，可以选择"图层"（Layer）＞"创建剪贴蒙版"（Create Clipping Mask），或者将玫瑰花朵放在光标和图层调色板的颜色库图形图层之间，按下Alt键（光标将认定剪贴蒙版图像），然后点击——玫瑰花朵将立刻安装在"思想泡"内。点击图层调色板底端的"增加图层风格"（Add a Layer Style）图标，通过在颜色库图形上运用外发光和阴影调节的方式，完成该图像的操作。

2 下一步，打开将被封入"思想泡"剪贴蒙版的图像，将其拖曳到背景图像上。使用"边界控件角落处理"（Boundary Box Corner Handle）（按住Shift键保持比例），将玫瑰花朵调整至你希望的大小。

画笔（Brushes）

尽管Photoshop的早期版本中包含了画笔功能，但只是在最近的版本中，它们才成为了高级和功能强大的工具，其中纳入了有用的特色功能和选项，许多例子可以说明这点。下面，我们将研究一两个实例，亲身体验其设置内容。

当画笔工具被选取之后，有很多预先设定的画笔可供选择，通过工具栏（Tool Options）中的画笔选项下拉菜单即可以使用。为了改变画笔的色彩，只需双击工具箱底部的"前景/背景"（Foreground/Background）色彩库。画笔选项可通过"窗口"（Window）>"画笔"（Brushes）或者按F5键进行使用。

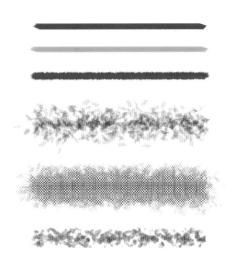

1 为了展示画笔选项的变化，这些例子（从上至下）分别显示了几种画笔类型：标准的Chalk60像素的画笔；在工具栏中以50%不透明度（Opacity）设置的相同画笔；以"形状动态"（Shape Dynamics，不同的"抖动"设置控制画笔边缘的形状）设置的Chalk 60；以"形状动态"和"散布"（Scattering，该设置"散布"单个画笔描边）设置的Chalk60；以及"形状动态"、"散布"和"纹理"（通过"纹理"窗口顶端的下拉菜单可以使用不同纹理）。在此，作者选用了"不透明板"（Optical Checkerboard）设置的Chalk60画笔；最后是以"形状动态"、"散布"和"重叠"（Dual Brush，此工具描画前景和背景颜色）设置同样画笔。还有其他选择，包括"噪点"（Noise）和"湿边"（Wet Edges）。

2 除了提供数量惊人的预置画笔，以及用于这些画笔的不同设置之外，我们还可以创建属于自己的画笔形状。在此，使用套索工具从其他图像上制作了一张小型的云朵备用图像，点击"编辑"（Edit）>"定义画笔预置"（Define Brush Preset）。将此画笔命名为"云彩1号"，下次选择画笔工具时就可以选用了。现在使用"云彩1号"画笔，结合"形状动态"（Shape Dynamics），随即使用画笔的绘画方式，在天空中画出云彩。

提 示

假如你创作的作品需要频繁使用画笔，那么购买图像输入板就物有所值了。该输入板和笔将取代鼠标，作为和计算机的连接装置，你可以更好地进行控制。你会发现，"画笔"窗口的一些特定选项只有使用输入板时才有效，它们甚至能提供更大的变化和更好的控制。

喷笔（Airbrush）

　　喷笔曾经是计算机时代前人们从事精细的后期制作时选用的工具。现今，尽管Photoshop和其他图像编辑程序提供了种类繁多的数码工具，可用于完成某些特定的操作，但是数码喷笔依然有发挥作用的空间。比如，创建或强调某些突出部分，使用Photoshop中的"喷笔"工具就极为理想了。

1 使用"喷笔"工具给这张平铺的二维Photoshop图形增加一些形体和形状。我们使用的是"喷笔"工具，并且运用黑色和白色的涂料。

3 阴影完成之后，下一个步骤便是用白色漆描画，创建突出区域。记住，可以使用"and"键来改变画笔的大小。

2 首先，在图形四周创建备选图样，以免将"喷笔"工具的涂料洒进背景中。下一步，将工具选项栏中的"喷笔不透明度"（Airbrush Opacity）和"流量"（Flow）设置为15％，运用黑色涂料开始在图形上描画，创建阴影。

4 现在，剩下的步骤便是运用图层调色板底部的"增加图层风格"（Add a Layer Style）图标来增加投影效果了。通过创建阴影和突出部分，并增加投影，平面艺术作品便展现出真实的立体形状。

色阶（Levels）

色阶指令是Photoshop最重要的功能之一。尽管表面看上去很简单，色阶对话却是一个极其强大的工具，可用来调整色彩及图像的亮度值。

1 色阶可有效地调整任何图像的色相值。这张树木的图像，就如其色阶直方图表明的那样，它曝光不足——尽管从右方的黑点到左方的白点具备了完整的像素范围，色阶直方图的左半部分还有更多的像素存在。

2 通过将中央的灰点滑杆向左移动，色阶直方图变得更加平衡；随着更多的像素出现在向左移动的灰点右侧，图像变得明亮了。你或许会注意到，随着图像亮度增加，色彩变得有些暗淡。为了找回失去的色彩，可以略微增加"色相/饱和度"（Hue/Saturation）对话框中的"饱和度"（Saturation）。

3 除了改进图像的色相值，色阶控制功能还可以用于固定色彩投射。这张图像故意被拍摄成不协调的白平衡设置，导致了强烈的蓝色投射。通过选择色阶窗口中的蓝色通道，你可发现蓝色值的像素在色阶直方图上的分布极不均匀。

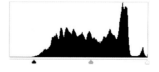

4 将左滑杆向右移动，使其位于色阶直方图的底部，这样就可以平衡蓝色通道，从而消除蓝色色彩投射。

曲线（Curves）

色阶是用于调整图像整体亮度的工具，但是，如果这项操作仅在局部范围内进行，那该怎么办呢？用于这项操作的最好工具是"曲线"。运用此项工具可以编辑多达14个不同的亮度点——但总的来说，使用者最多也就需要4～5个。

1 该图像前景中废弃的渔船严重曝光不足，使观众几乎看不到任何细节。可以使用色阶功能增加整个图像的亮度，但是，这种操作将使渔船曝光过度，并且处于背景之中。

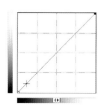

2 点击"图像"（Image）＞"调整"（Adjustment）＞"曲线"（Curves），调出"曲线"（Curves）对话窗。需要注意的第一件事，就是不应该存在任何曲线。存在的直对角线反映了现存图像的色调区域。这正是我们将使之变得弯曲的线条，以展示细节。

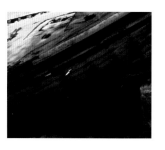 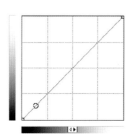

3 在选取了"吸管工具"（Eyedropper）之后，移动到需要亮化的区域上，再点击该区域，对应区域立刻在"曲线"（Curves）上以小圆圈的形式被凸显出来。

 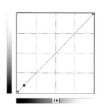

4 现在，返回"曲线"（Curves）对话窗口。以光标（现在的形状是十字形）点击该线条，可以通过在线条上加点来调整。加点的更简单的方式是将吸管工具置于希望绘制的图像区域上，按下Ctrl/Cmd键，然后点击。这样立刻可以画出同样的点。

5 画好阴影区域后，在明亮区域重复相同的过程；并不是进行调整操作，而是希望位置精确。自然而然地，明亮区域便位于线条的另一端。

6 画好阴影和明亮区域后，现在开始操作亮度曲线。将阴影点上移，可以增加曝光不足区域的亮度，在明亮区域和中等色调区域画好另一些点后，可以确定，那些区域的线条依然很直，完全没有受到任何影响。

色相/饱和度（Hue/Saturation）

"色相/饱和度"指令使用方便，功能强大，故应受到重视。图像很容易出现色彩过分饱和的现象，使它们显得十分明亮而色彩斑斓，但不够真实。然而，在创作超现实图像时，此项功能却可能转变成优势。

1 在大多数情况下，"色相/饱和度"指令用于改善那些因为各种原因使色彩变得暗淡的图像，比如这幅克里特高原的图像。

3 "色相/饱和度"指令还具有一个特别的"着色"（Colorize）按钮，它能够极大地改变图像色彩。在创作超现实图像时，这一功能非常有用。只需点击"着色"（Colorize）按钮，调整"色相/饱和度"（Hue/Saturation），便可将色彩运用到任何彩色或黑白图像上。

2 选择"图像"（Image）>"调整"（Adjustments）>"色相/饱和度"（Hue/Saturation），调出"色相/饱和度"（Hue/Saturation）对话窗。确定色彩暗淡区域，向右滑动"饱和度"（Saturation）滑杆，色彩便变得明亮。最好点击打开和关闭窗口的预览按钮，查看你所做的调整，确保不会把色彩调整得过于明亮。

4 这里是一个运用"色相/饱和度"（Hue/Saturation）进行着色操作的早期方案。

替换色彩（Replace Color）

改变物体颜色而又不耗费大量时间的最快捷、最容易的方式，就是使用"替换色彩"指令。此工具最适合操作图像均匀的颜色，快速且有效。

1 这幅图像拍摄的是位于法国南部鲁西永地区（Roussillon）的这些色彩斑斓的房子，运用"替换色彩"功能之后，立刻就可以给它们换上其他颜色。

2 选用"图像"（Image）>"调整"（Adjustments）>"替换色彩"（Replace Color），调出"替换色彩"对话窗。它和我们前面见过的"色彩范围"（Color Range）对话窗比较相似。用"吸管"工具点击主图像，"替换色彩"对话窗将显示预览屏幕上选中的图像区域。使用"颜色容差"（Fuzziness）滑杆，通过纳入或排除相似色调的像素，可增加或减小选取的区域。选用"吸管"上的"+"图标，点击图像其他区域可以增加选中区域，相反的操作则点击"吸管"上的"−"图标工具。很快，图像中房子的颜色得到了很大程度的改变。

3 使用简单工具也可以改变任何对象的色彩。它在现实世界中确实有用，除此之外，还可以提供有用的图像创作工具——尤其是当你想重新装饰房子或者给汽车喷漆时。

超现实数码影像创意 2

调整图层（Adjustment Layers）

　　假如你不了解"调整图层"这个功能，乍一看上去会感觉它们很麻烦，而且没有什么价值。然而，当你养成定期使用它们的习惯之后，便很快意识到，它们既省时又省力。"调整图层"工具使你可以尝试各种各样的调整操作，而且无论是在确定图像还是改进图像的过程中，它们都不会对原始图像作任何改变。

1 作者很喜欢这幅图像，沙漠中一行足迹向远处延伸，爬上山坡，直达背景中的一片树林，但是沙子似乎缺少纹理，足印的对比特征也不明显。

2 点击图层调色板底部的"创建新填充或调整图层"（Create New Fill or Adjustment Layer），可以选择许许多多的调整图层，包括"色阶"、"色相/饱和度"、"通道混合器"和"色彩平衡"。在此选择"曲线"（Curves）来创建色相曲线，使沙层具有更多的小孔，凸显了足印。

3 运用"曲线"（Curves）功能在改进前景的同时，却不幸使背景变成了完全的黑色。然而，调整图层会自动生成图层蒙版，通过用黑色描画图像，可以展现原图像中的树木和天空。

4 原始背景略显阴暗。我们可以增加另外的调整蒙版，这次使用"渐变"（Gradient），将图像从上至下完成渐变。将"渐变"调整蒙版的合成模式设置为"叠加"（Overlay），背景变得明亮起来。因为"渐变"调整位于独立的图层上，我们可以通过将图层的"不透明度"（Opacity）从100％减少到80％来减少渐变的效果。

5 调整图层功能的优势在于，我们可以在任何时候调整，并更改创建的图层设置。回到了"曲线"（Curves）调整图层，并以此进一步增加沙漠的对比度。

超现实数码影像创意 2

混合模式（Blending Modes）

混合模式提供了在一个和其他图层之间使用特殊效果的强大方式。然而，合成模式导致图层互相作用，其结果是难以预料的，只有不断进行试验，才是明确取得何种效果的唯一途径。在此，我们将展示因采取不同模式而影响两幅图像的效果。

两种目标图像故意选择了不同的颜色和外形。云彩图像是背景，几何图案则是混合或者顶层图层。除了指定部分之外，混合模式的不透明度则设置为100%。

将混合模式设置为"正常"100%，混合图层位于底层上，云彩无法透过几何形状，故无法看见。

"变暗"并比较两个图层的色彩值，展示较暗图层。

通过减小亮度反映出混合图层，以"线性加深"（Linear Burn）加深底层的色彩；整体效果是再次加深图像的颜色，但是以更加明显的方式，而不是"色彩加深"。混合白色则不会产生效果。

将混合图层的"不透明度"减少至50%，混合图像变得半透明，可以看见云彩部分。

"正片叠底"（Multiply）加大底层和混合层的像素值，由此加深图像的色彩。

采用"变暗"（Darken）操作的相反功能"变亮"（Lighten）来比较底层和混合层，选择较明亮的图层。

"溶解"（Dissolve）是通过将混合层中的像素去掉，使混合层和底层图层结合的一种方法。当减少混合层的"不透明度"时，其效果并没有真正变得通透。在此，"不透明度"设置为50%，创建了有斑点的效果。

"色彩加深"（Color Burn）是通过增加对比度来反射混合层色彩，并加深底层的颜色；整个图像将变得更暗。正如我们所见的，混合纯白色则创建出白色效果。

"正片叠底"（Multiply）的相反功能则是"滤网"（Screen），它通过逆转混合层的方式，增加底层图像的色彩。在此情况下，混合黑色并未使色彩发生改变。

"颜色减淡"（Color Dodge）是通过减少底层图层的反差来反映混合图层的一种方式，它可以亮化图像的色彩。它与"色彩加深"（Color Burn）的操作相反。

"色彩减淡"（Color Dodge）是"线性加深"（Linear Burn）的相反功能，通过增加底层图层亮度以反映出混合色彩的方式，并提亮图像。

"叠加"（Overlay）是在混合图层色彩比底层图层色彩更暗时，通过底片叠加的方式创建对比鲜明的图像，而"滤网"（Screen）则是混合比底层图层颜色明亮的图层颜色，创建对比鲜明的图像，同时保留底层图层颜色的亮部和阴影。

"柔光"（Soft Light）用于"加深"（Darken）或者"亮化"（Lighten）色彩，其效果取决于混合图层色彩是比50％灰色更暗或更亮。

和"柔光"（Soft Light）类似，"强光"（Hard Light）用于增加或者减少色彩，这取决于混合图层色彩是比50％灰色更暗或更亮。

"亮光"（Vivid Light）就像"柔光"（Soft Light）和"强光"（Hard Light）一样，将50％灰色作为极点。假如混合图层色彩比值更暗，增加对比就可使之变得暗淡；如其色彩比该值更亮，减少对比则可以提亮色彩。

"线性光"（Linear Light）和"亮光"（Vivid Light）的工作原理相同，通过亮度的变化来增加或减少混合图层的色彩。

"点光"（Pin Light）将亮化模式运用于比50％灰色更明亮的混合图层色彩，将"变暗"（Darken）混合模式运用于比50％灰色更暗的混合图层色彩。

"实色混合"（Hard mix）用于在混合色彩的基础上进行多色调分色。假如混合图层色彩比50％灰色亮，则底层图层色彩便变得明亮；假如混合图层色彩比50％灰色暗，则底层图层色彩便变得暗淡。

"色差"（Difference）：要么从底层图层色彩中减去混合图层色彩，或者执行相反的操作，这取决于两者中哪种的亮度值最高。

"排除"（Exclusion）的工作原理和"色差"（Difference）类似，但运用较少的对比。

"色相"（Hue）用于保留底层图层的"亮度"（Brightness）和饱和度，但是包含混合图层色彩的色相值。

"饱和度"（Saturation）用于保留底层图层色彩的亮度和色相，但是也包含混合图层色彩的饱和度。

"色彩"（Color）用于保留底层图层色彩的亮度值，但是也包含混合图层色彩的色相和饱和度值。

"亮度"（Luminosity）用于保留底层图层色彩的色相和饱和度，但是也包含混合图层色彩的亮度。

提 示

不需要选择"图层"（Layers）调色板，也无须通过选择下拉菜单底部的混合模式费力地进行调整，只需按Shift＋或者Shift－，就可以更快地选择混合选项。

光照效果（Lighting Effects）

　　顾名思义，"光照效果"滤镜能够复制各种光照的逼真效果，可以成功地仿造所有影室的照明效果。然而，该滤镜还具备了一项特色功能——"纹理通道"（Texture Channel），它是这种强大而复杂工具的另一个优势。

1 这张肖像照在试验各种光照风格时极为理想，通过"滤镜"（Filter）>"描绘"（Render）>"光照效果"（Lighting Effects），选择"光照效果滤镜"（Lighting Effects Filter）即可进行操作。

2 这里重建了一个传统的光照设置，图像主体被柔和的聚光灯由下至上略微照亮。滤镜具备了种类繁多的控制功能，包括"强度"（Intensity）、"聚焦"（Focus）、"曝光"（Exposure）和"格调"（Ambience），可以使你得到想要的效果。

3 这里列举了几种效果备选图像。但正如图像展示的那样，有些效果较好，有些则较差。

1 使用"光照效果"（Lighting Effects）滤镜中的"纹理通道"（Texture Channel），可以创建超现实数码影像的有趣效果。这张以引人注目的日落图像作为操作的例子。

2 现在点击Ctrl+A来选择图像，通过选择Ctrl/Cmd进行复制，将其置于"通道"（Channel）窗口。在此，点击窗口底部的"创建新通道"（Create New Channel）图标，创建新通道，马上出现一个标签为"Alpha 1"的黑色小窗口。现在，选择Ctrl/Cmd+V，将日落图像粘贴进新的Alpha通道。

3 现在点击"通道"（Channel）调色板顶部的RGB图标，选择"滤镜"（Filter）>"描绘"（Render）>"光照效果"（Lighting Effects），在"纹理通道"（Texture Channel）的下拉菜单中选择Alpha 1，载入alpha通道。现在可以将光加到图像上，并确定其合适位置，创建装饰效果。

4 通过使用Photoshop预先设定的一些图形和图案，如alpha通道，运用"光照效果"（Lighting Effects）以及曲线创建黄色效果，可以轻而易举地创建类似于铬合金的效果。

云彩和分层云彩（Clouds/Difference Clouds）

Photoshop的云彩和分层云彩功能都能够创建柔和而有斑点的纹理，当然，在给单调的空旷天空添加云彩是极为理想的。它们还能以更具创造性的方式加以利用，正如下文所展示的那样。

3 按住Ctrl/Cmd键，点击光束所在的图层，重新选择实际光束。这将把"蚂蚁线"置于光束的四周。将"前景/背景"（Foreground/background）的色彩设置为默认值，选择"滤镜"（Filter）>"描绘"（Render）>"云彩"（Clouds），引入朦胧效果。

1 我们将把"云彩"（Clouds）图层功能运用于这张室内图像上，就可以创建一束飘满灰尘的阳光。

4 下一步，将光束图层的混合模式改成"叠加"（Overlay），并且调整"不透明度"（Opacity）。最终，转到背景图层，倒转该备选项，以选择除光束之外的其他对象，然后使用"色阶"（Levels）指令使房间其他部分色彩变得暗淡。

2 在运用"云彩"（Clouds）滤镜前，使用"多角形套索工具"（Polygonal Lasso），在一个新图层上画上一束阳光的轮廓，并在备用图层上填涂明亮的黄色。在撤除光束之后，运用大量的"高斯模糊"（Gaussian Blur），将"不透明度"（Opacity）减少至20%。

滤镜库（Filter Gallery）

Photoshop有大量的滤镜可供选择，每种的设置均不相同，可以从根本上改变滤镜使用时的整体效果。有些设置，如锐化（Sharpen）和噪点（Noise）的目的就是改进数码图像（在此并未涉及），大部分设置的目的是通过运用绘图效果来改进图像，其中许多对超现实图像非常有用。下文就是对后者的初步介绍。当然，只有亲自实践（将滤镜和混合模式结合起来），才能全面体会和欣赏最终的成效。

艺术效果（Artistic） 正如其名称一样，"艺术效果"滤镜用于模仿不同类型的绘画艺术，比如"粗糙蜡笔"（Rough Pastels）、"调色板刀"（Palette Knife）和"水彩"（Watercolor），而它们只是15项可利用功能中的3项。

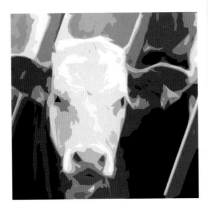

"木刻"（Cut Out）的设置："色阶数值"6（Number of Levels）；"边缘简易度"（Edge Simplicity）7；"边缘保真度"（Edge Fidelity）1。

模糊效果（Blur） 一系列模糊滤镜可对图像的全部或局部进行模糊化操作——有时是复制动态模糊，有时是仿真视野深度；一切皆有可能。

将"变焦放射性模糊"（Zoom Radial Blur）值设置为28。

"画笔描边"（Brush Stroke） 还有一类滤镜功能，它们可以复制"真实世界"的绘画效果。首次在超现实影像中应用此功能比较困难。在此，我们列举了每人都可以掌握的一些内容。

将"边缘宽度"（Edge Width）、"边缘亮度"（Edge Brightness）和"平滑度"（Smoothness）设置为最大值，"强化的边缘"（Accented Edges）几乎提供了霓虹灯般的效果。

扭曲（Distort） "扩散亮光"（Diffuse Glow）可通过柔和的聚焦效果对图像施加巨大影响。此外，"扭曲"（Distort）滤镜也可以提供一些极端的效果。

将"球面化"（Spherize）设置为100%，经过两次操作，就制作出了该幅蒲公英图像。

像素化（pixelate） "像素化"（Pixelate）与"艺术效果"（Artistic）和"画笔"（Brush）一起组成了一组滤镜，它们的目的是创建特殊效果，而非改进图像。

设置值为120的"晶格化"（Crystallize）滤镜运用在帆船的船头，就出现了如图的特殊效果。

描绘（Render） 包含了我们已经接触过的"云彩效果"（Clouds）和"光照效果"滤镜。此外，还有"镜头光晕"（Lens Flare）效果。若能有效使用的话，就可以给图像添加修饰和氛围。

105毫米的镜头光晕选项给这幅滑雪图像提供了非常自然的效果。

素描（Sketch） 另一套富有"创造性"的滤镜就是"素描"，该组滤镜中的有些功能可用于数码超现实创作，但是对于该组滤镜中的大部分来说，只有和其他滤镜或混合模式一起使用，才能发挥更好的功效。

将"大小"（Size）值设置为8、"对比度"（Contrast）设置为37的"直线半调色格式"（Line Halftone Pattern）滤镜，在运用于该树木图像后产生了特殊的效果。

风格化（Sty lize） 风格化滤镜糅合了一组奇异效果，其中"查找边缘"（Find Edge）和"发光边缘"（Glowing Edge）提供的效果或许最有趣。

这些已然有些超现实格调的植物，通过使用将"边缘宽度"（Edge Width）设置为3、"边缘亮度"（Edge Brightness）设置为11以及"平滑度"（Smoothness）设置为10的"发光边缘"（Glowing Edge）功能，可以使图像变得令人瞠目结舌。

纹理（Texture） 许多"纹理"滤镜是建立在老式工艺或者老化效果基础之上的。当然，有些滤镜比较成功。

在此，通过将"单元大小"（Cell Size）设置为15、"边界厚度"（Border Thickness）设置为3以及"光照强度"（Light Intensity）设置为1的"染色玻璃"（Stained Glass）滤镜，获得了特殊的效果。

当然，还可以运用纹理，比如将"砖头"（Brick）纹理运用于备用图像。

纹理（Textures）

我们还可以通过使用Photoshop中预置的"纹理"（Texture）滤镜，将形形色色的纹理运用于图像。此外，我们也可以使用"纹理化"（Texturize）创建自己的纹理。

1 在此，选用"工具选项"（Tool Options）栏中"自定形状"（Custom Shape）里预先设置的自定形状（Bird 2）创建了新纹理。在新的白色背景文件上画上形状之后，点击"图层"（Layer）>"平铺图层"（Flatten Layer）。接下来，点击"通道"（Channels）调色板底部的"创建新通道"（Create a new channel）图标，点击顶部的RGB图层，然后选择和复制飞鸟图像。最后，返回"通道"（Channels）调色板底部的Alpha 1通道，粘贴飞鸟图像，然后将新文件以psd文件存入容易识别的文件夹。

2 接下来，打开将运用纹理形状的图像，选择"图层"（Filter）>"纹理"（Texture）>"纹理化"（Texturize）。在随后出现的"纹理化"窗口中，点击"纹理"菜单旁边的"载入纹理"（Load Texture）箭头，转到新创建的psd文件并加以选择。

3 最终，通过调整"缩放"（Scaling）值，使该图像在背景上完好吻合。假如存储较小的话，Photoshop将自动重复纹理图案，"缩放"（Scaling）滑动条在"纹理化"窗口被减少。

提示

在此运用了"自定形状"（Custom Shape）工具中的另一个形状来创建Alpha通道，并且通过"纹理化"指令将其运用于这张孩子的图像，这是创建个人图案的极好方式。

置换图像（Displacement Maps）

　　置换图像是一种灰度图像，用于制作扭曲其他图像的效果。它们通常和三维程序一起使用来创作纹理，但是，在给图像制作逼真的扭曲效果时创作空间十分广阔，无论是图像还是文本图层。

1　运用置换图像在这扇大门上凿出一个太阳形状，确保它紧靠华丽而呈现凹凸形状的装饰部分的轮廓。

3　现在返回最初的大门图像，使用"自定形状"（Custom Shape）工具，在图像上画出太阳形状。当对形状满意之后，选择"图层"（Layer）>"栅格化"（Rasterize）>"形状"（Shape）对它进行"栅格化"操作。为了使该形状包裹门里的凹凸形装饰，选用了"形状"（Shape）图层后，点击"滤镜"（Filter）>"扭曲"（Distort）>"替换"（Displace），选择早期制作的图像撤换psd文件。

2　第一步是创建图像。打开图像后，选择"图像"（Image）>"调整"（Adjustment）>"去色"（Desaturate），将灰度形式的门以psd文件保存在可以轻易锁定的区域。

4　为了使形状更加逼真，将形状图层的混合模式改为"叠加"（Overlay），重复操作并使它具备更多实质效果，调整两种类似的图层，最后通过使用"图层"（Layers）调色板底部的"增加图层风格"（Add a layer style）下拉菜单，应用"内阴影"（Inner Shadow）即可。

液化（Liquify）

　　Photoshop的"液化"（Liquify）滤镜是一个强大的图像操作工具，可以将很多像素扭曲成想要的形状。当然，这样强大的工具需要细心操作。

1 "液化"（Liquify）滤镜有着大量的个性工具，可用于编辑图像。

3 只需要做一些细微的调整，就可以将人物原来的中性表情改变为微笑的表情。

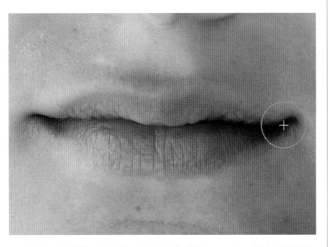

2 在此，我们使用了中等大小的"弯曲"（Warp）工具来略微提起人物嘴部的边缘。

4 当然，不仅是对人物的脸部可以进行操作，在此例中，我们将把这幅图像改为炙热的夏日景象。

5 在此，我们选用了"液化"（Liquify）滤镜的"顺时针旋转扭曲"（Twirl Clockwise）工具，使栏杆扭曲和弯曲，并使用"膨胀"（Bloat）工具使它们看上去似乎在起水泡。

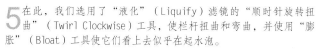

6 用"弯曲"（Warp）工具拉下部分栏杆，使它们看上去好像是在滴水。通过添加耀眼的阳光和橙色渐变，一幅灼人的夏日景观便制作完成了。

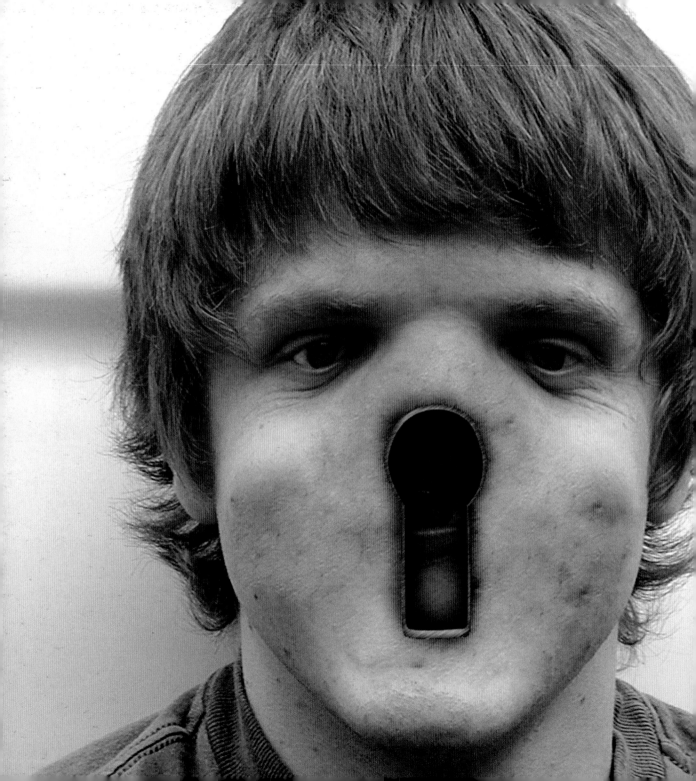

由于司空见惯的缘故，人类的形象似乎显得单调……和鱼眼合成，就变成了眼睛死……们的巨大环顾四周……要达到这个效果，变普通为非奇……接下来，你不学习……超现实作品，如何从几个模特和一名年级的女……料中……上鱼的特征。

苏州进入超现实数码人像的世界。

人 像

狮子般的持帽者

杰弗里·哈普摄制

玛格丽特曾经说过："艺术唤醒了神秘，没有它们，世界将不存在。"这幅作品便向观赏者传达了这样的感受。我们即将对名为《狮子般的持帽者》的作品进行再创作。这是一项有关数字"三"的研究：三顶帽子，三个部分，三粒纽扣……甚至构图主体也是三角形。使用的技巧和工具也是Photoshop软件的基本功能，没有用任何滤镜工具。

1 打开文件steps_leonine.psd。如果没有看到垂直导线，则点击Ctrl/+H键来显示。该导线标识出了人物的身体。

2 选择"矩形选框"（Rectangular Marquee）工具，在左边画上一个盒状图形。选择"编辑"（Edit）>"复制"（Copy），然后选择"编辑"（Edit）>"粘贴"（Paste）来粘贴备用的图像。

3 接下来，选择"克隆图章"（Clone Stamp）工具，使用150像素的软刷系统把令人分神的白色区域克隆到左边，除去图像的背景。继续填涂纵列之间的区域，必要时改变画笔的大小。

6 选择"矩形选框"工具，在人体左侧画出盒状图形。选择"编辑"（Edit）>"复制"（Copy）和"编辑"（Edit）>"粘贴"（Paste）。选择"编辑"（Edit）>"自由转换"（Free Transform），将备用项滑动到右侧。按Ctrl/cmd+H来隐藏垂直导线，将一张蒙版应用到备选图像上，画出粗糙的边缘，这时要注意人物肩膀和头部周围的区域。

4 选择"矩形选框"工具，沿着左下角纵列拉动盒状图形。选择"编辑"（Edit）>"复制"（Copy）和"编辑"（Edit）>"粘贴"（Paste）。选择"编辑"（Edit）>"自由转换"（Free Transform）。右击选项内的/Ctrl+，选择"水平翻转"（Flip Horizontal），将其滑动来反映出该图像中的纵向柱状物体。

5 应用一个"蒙版"（mask），沿边缘进行描涂以消除那些杂草。当效果令人满意时，点击原始图层边上的眼睛图标，关掉这一图层，然后选择"图层"（Layer）>"合并可见图层"（Merge Visible）。继续"克隆"（Clone）直到左边部分完成为止。

7 按Ctrl/cmd+A来选择一切，然后是"编辑"（Edit）>"合并拷贝"（Copy Merged）。选择"编辑"（Edit）>"粘贴"（Paste）来获取所有此前步骤的拼合文件。使用"矩形选框"工具，在中央纵列周围画出备选图像，选择"自由转换"（Free Transform）向中央区域移动，就可以克隆出显示底层图层的区域。继续转变和克隆人体外套所在区域，直到完成身体部分。

狮子般的持帽者

8 通过下拉人体肩膀下的水平导线，定义第一次剪裁。在人体左侧和右侧布置两条垂直导线，做出标记。选择"椭圆选框"（Elliptical Marquee）工具，在此区域画出一个椭圆形。选择"选取"（Select）>"羽化"（Feather），将半径设置为2像素，创建此选项的新通道，即可撤除并复制该图层。

9 按住Ctrl/cmd键，点击该图层，从"通道调色板"（Channel palette）里激活该椭圆形选项。倒转该选项，克隆出身体的上面部分，然后撤除。

10 再次激活该椭圆形选项，从左上方选择一个空白区域来复制该选项。在"图层风格"（Layer Style）对话窗中选择"倒转阴影"（Invert Shadow），运用"结构"（Structure）框中的这些设置："混合模式"："多层复合"（Multiply）；"不透明度"（Opacity）:75％；"角度"（Angle）:120°；关闭"使用全局光"（Use Global Light）；"距离"（Distance）:0px；"扼流"（Choke）:26％；"大小"（Size）:185像素。在"品质"（Quality）框中，使用默认设置："轮廓"（Contour）："线性"（Linear）；不关闭"反锯齿"（Anti—alias）；"噪点"（Noise）:0％。重复7到9步骤，勾画出身体部分剩下的剪裁，每次将剪裁下来的部分略微上移。

11 选择"弹回矩形"（Rebounded Rectangle）工具，将半径设置为200像素。将矩形部分图像贴在人体之上，按住Ctrl/Cmd键，点击该选项，删除矩形图层。用2个像素值来羽化该选项，创建另一个通道。再次从左上方选择一个空白区域，复制并贴入该选项。在"图层风格"对话窗中选择"内阴影"（Inner Shadow），并在"结构"对话窗中使用这些设置："混合模式"："多层复合"（Multiply）；"不透明度"（Opacity）：62％；"角度"（Angle）:120°；关闭"使用全局光"（Use Global Light）；"距离"（Distance):0px；"扼流"（Choke):50％；"大小"（Size）：250像素。在"品质"（Quality）框中使用这些设置："轮廓"（Contour）："线性"（Linear）；不关闭"反锯齿"（Anti—alias）；"噪点"（Noise):0％。

12 选择"矩形选框"（Rectangular Marquee）工具，在人体头部四周画出盒状图形。选择"编辑"（Edit）>"合并拷贝"（Copy Merged），然后选择"编辑"（Edit）>"粘贴"（Paste）。复制该图层。选择"编辑"（Edit）>"自由转换"（Free Transform），点击Ctrl右键，然后选择"包装"（Wrap）。拉动这些点，直到对头部扭曲而成的图形感到满意，然后去掉不喜欢的区域。我们对整个眼部重新创建，然后加深鼻梁，给脸部增加清晰度。

狮子般的持帽者

13 使用"椭圆选框"（Elliptical Marquee）工具，从左上方选择一个圆形区域来复制和粘贴新图层。使用"色阶"（Levels）调整工具来略微亮化该区域。

选择"图层风格"（Layer Style）>"投影"（Drop Shadow）……在对话窗中应用下列设置："混合模式"："叠底"（Multiply）；"不透明度"（Opacity）：75%；"角度"（Angle）：79°；不关闭"使用全局光"（Use Global Light）；"距离"（Distance）：97px；"扼流"（Choke）：0%；"大小"（Size）：87像素。"图层挖空投影"（Layer Knocks Out Drop Shadow）应该处于关闭状态。

在"图层风格"（Layer Style）>"内阴影"（Inner Shadow）……应用下列设置："混合模式"："叠底"；"不透明度"（Opacity）：89%；"角度"（Angle）：-114°；不关闭"使用全局光"（Use Global Light）；"距离"（Distance）：81px；"扼流"（Choke）：24%；"大小"（Size）：136像素。

选择"图层风格"（Layer Style）>"内发光"（Inner Glow）……应用下列设置："混合模式"："网屏"（Screen）；"不透明度"（Opacity）：75%；"噪点"（Noise）：0%；"技法"（Technique）："柔和"（Softer）；"源"（Source）："边缘"（Edge）；"扼流"（Choke）：0%；"大小"（Size）：57像素；"轮廓"（Contour）："线性渐变"（Linear Gradient）；不关闭"反锯齿"（Anti-alias）；"范围"（Range）：50%；"抖动"（Jitter）：0%。

14 将圆形移到身体里被移除部分的中央。在两个较小区域内重复步骤13，只需改变投影的角度，以配合光源。

15 按Ctrl/Cmd+A键选择菜单，点"编辑"（Edit）>"合并拷贝"（Copy Merged），再点击"编辑"（Edit）>"粘贴"（Paste）。将平整的文件略微下移来修改图像，然后使用"Burn Tool"（加深工具）和大号画笔来加深边缘的底色。

最终图像

　　最终的图像和原始的黑白
图像大相径庭。矩形构图对于
图像很重要，有助于在整幅图
像中突出眼睛的效果。

©Jeffrey Harp

肌肉男

乔治娅·登比摄制

《肌肉男》在Photoshop中只用了三幅图像就制作完成了。原始照片是在影室内摄制的，照片中的模特双手交叉放在胸前，背景为黑色。精瘦的肌肉则是运用沙滩上的沙粒照片制作而成的，而背景是使用另一幅沙粒照片制作而成的。

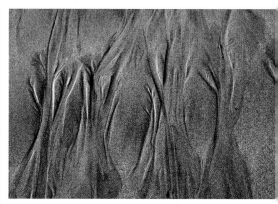

2 接下来处理第二幅图像。"撕裂的肌肉"的形状就是海滩上的沙粒纹理，这样的图像有时很难获得。我们在一片海滩上找到了这样的效果。我们使用海水边缘沙粒的纹理，它是潮水将沙粒带回了大海而形成的。这些图案的构成是极其抽象的，而且，它会让人联想到肌肉的形状。我们四处拍摄了多张不同图案的照片，最后选择了与肌肉最相像的一幅，并选取了一张简单一些的，稍后用作背景。

3 打开影室拍摄的图像和主要的沙粒纹理图像，将它们放在一起，这样在屏幕上都可以看清楚。将背景图层转变成可使用的图层，最后关闭原始背景。

1 影室里很暗，除了在模特左右两边各置一盏灯之外，别无其他光源。首先摄制出男人双手交叉放在胸前的原始图像，随后以25％、50％和100％的比例载入Photoshop进行操作。总是使用同样的比例——无论是33％还是66.7％，都不会有恰当的、轮廓鲜明的图像可以操作。假如比例太小而无法操作的话，可使用较高的比例进行均衡，并且在操作时，将图像向四周移动。

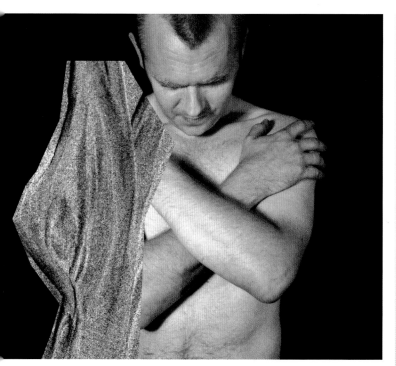

4 使用"多边形套索工具"（Polygonal Lasso）选取图像区域，单独抽出肌肉图像，将它们放置在《肌肉男》图像上。

6 接着，使用"橡皮擦"（Eraser）工具，从身体中擦去多余的肌肉，或真实感不强的肌肉部分，别忘了将每个图层的混合模式改为"叠加"（Overlay）。

5 添加了第一束肌肉后，将该图层混合模式改变为"叠加"（Overlay），这时，肌肉看上去就像是肉体不可分割的一部分了。为了进一步改进视觉效果，将图层的不透明度减至65%，或者减至你认为最合适的比例。这些肌肉还可以被扭曲、弯曲或者伸张，或者制作成任何适合人体轮廓的形状。

肌肉男

7继续用沙粒图像的不同区域来进行操作，将选择区域拖到人物图像上，直到整个身体几乎被覆盖，去掉多余部分。确保沙粒在一些区域得到清晰的显示，因为这会增加肌肤的纹理。现在，暂时空出腹部区域，等到下一步再操作。

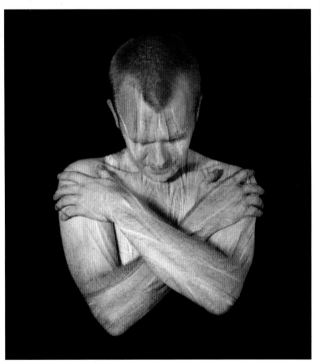

8现在操作身体的下面部分。在"正常"（Normal）模式中以100%不透明度创建一个新图层。在此图层上，通过运用和背景一样的黑色进行描画，除去腰部以下全部的皮肉。〔使用"吸管工具"（Eyedropper）选取和影室背景相同的色彩。〕

9为了使去除皮肉的部分显得自然，看上去只有肌肉组织，以前面相同的步骤创建一个新图层，但是不透明度应该设置为100%（而且是"正常"模式）。去除肌肉之间的小区域来展示黑色背景，可能需要对这些图层的色彩略作调整，以配合模特剩余部分的肌肤色调。

10最终，为了增加背景，创建一个新图层，将沙粒图像拉到所有图层的后面（当然，在这样的位置，观众是看不到的）。用宽"橡皮擦"，将不透明度减至40%（或者调整到自己喜欢的程度），擦去黑暗背景区域，展示后面的沙粒图像。请注意，不要消除太多，否则，它会给人一种从图像主体中分离出去的感觉。

最终图像

　　因为沙粒图像叠放得仔细，它的线条和人物的轮廓紧密吻合在一起，海浪冲击的海滩景象现在变成了令人信服的肌肉图像。

©Georgia Denby

超现实数码影像创意 2

怪　物

西蒙·鲁德摄制

有些人不相信神话和妖怪，现在我告诉你们，它们确实存在！因为我亲眼所见，所以知道它们的存在。使用Photoshop的强大功能——尤其是图层蒙版和克隆工具——我们可以将图像中的男孩转变成相貌丑陋的怪物。

1 首先，我们需要这样一幅图像：这个男孩咧嘴大笑，脸部呈现有趣的线条和笑容。而且，这幅图像脸部的阴影和明亮部分也很少，这使得混合变得容易。图像中的模特前额宽大，因此，需要克隆特殊肌肤时，可以信手拈来。

2 选择"矩形选框"（Rectangular Marquee）工具，确定将"羽化"（Feather）选项设置为0像素。在男孩两眼之间画出一个大方框，并加入尽可能多的影像细节。然后，通过使用"选取"（Select）>"转换"（Transform）转动方框，产生一个更加紧凑的选项。现在，复制男孩的眼睛，将它们贴到新图层上，姑且称之为"眼睛"。暂时隐藏这个新建图层，之后我们会使用它。

3 现在，从男孩脸部去除一些细节（这就是他宽大额头的用处所在），使用Photoshop的"克隆图章"（Clone Stamp），去除脸部除了嘴部之外的其他器官。接下来，将"克隆图章"的不透明度设置为40％~70％，按Alt/Option键，点击男孩额头的中间部分，它便成了"克隆图章"（Clone Stamp）的源设置。最后，如果有必要的话，逐渐克隆其面部特征，改变不透明度或者将图章源改变到其他区域。

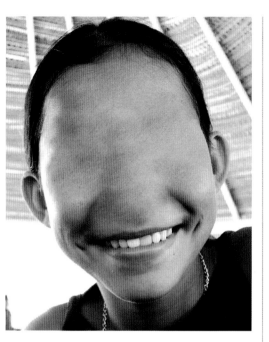

5接下来操作脸部的构造。使用Photoshop的"包装"（Wrap）功能〔假如你使用的是Photoshop的早期版本，点击"液化"（Liquify）也可以产生同样的效果。或许，你需要重复步骤3和4来创建纹理了〕。使用"矩形选框"工具，在人物嘴部周围制作一个备用项，通过点击"图层"（layer）＞"新"（New）＞"拷贝图层"（Layer Via Copy）或者按Ctrl/Cmd+J键，将它复制到新图层上。将此图层命名为"微笑"。点击"编辑"（Edit）＞"转换"（Transform）＞"包装"（Wrap），拉动脸部两边的两个中间部位，从而使得男孩的脸颊变大、变突出。

4在使用"克隆图章"（Clone Stamp）工具时，你会注意到图像丢失了许多纹理，显得不自然。Photoshop中有很好的"修补工具"（Patch tool）来解决这个问题，它复制纹理，使得色彩和下面的区域相称。选择"修补工具"（Patch tool），将选项设置为"源"（Source），使用鼠标在被克隆脸部四周画一个框。当该区域选定后，你会发现"蚂蚁线"。点击此处，将其拖曳至未加修饰的肌肤区域，然后放开鼠标，它将把纹理复制到选定的区域。重复此过程，直至对全部肌肤纹理感到满意。

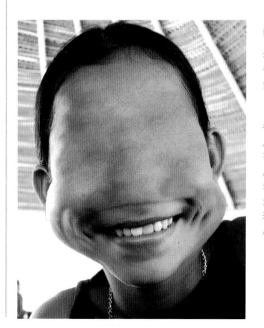

6下一步就是对任何被"包装"指令影响过的、不需要的背景进行蒙版操作。点击"微笑"图层，选择"图层"（Layer）＞"图层蒙版"（Layer Mask）＞"展示全部"（Reveal All）来增加图层蒙版。用黑色在蒙版上描画，隐藏图层的那些部分；用白色进行描画，就可以展示它们。选择大约150像素大小的硬边画笔，将前额色彩设置为黑色，然后蒙去图层上不需要的部分。

怪　物

7 现在开始处理最有趣的部分了。打开图2.jpg，使用"矩形选框"（Rectangular Marquee）工具在鱼嘴部右侧画出一个备用项，复制此项，将其放置到男孩的嘴部。通过选择"编辑"（Edit）>"转换"（Transform）>"水平翻转"（Flip Horizontal）来复制新图层，并将其水平翻转。现在，我们将两个一半的嘴部图像翻转到恰当的位置，然后通过使用"图层"（Layer）>"合并图层"（Merge Layers）将它们拼合在一起，成为一个图像。这两部分如果未能完美对称，则使用"克隆"工具进行修正。

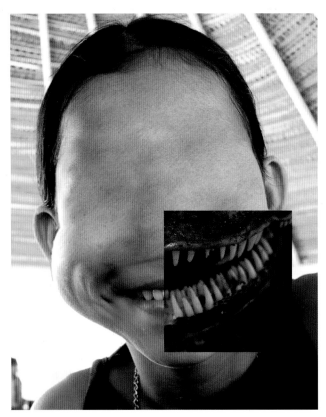

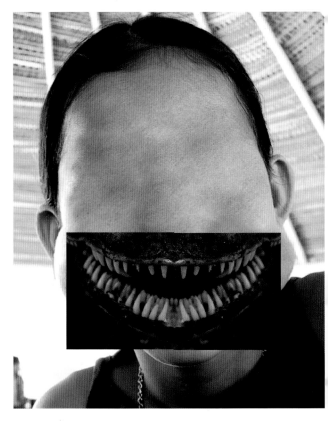

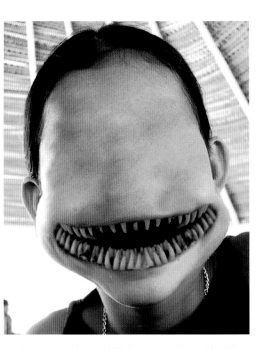

8 将此图像命名为"嘴部1",将其拉到"微笑"图像之下。点击"微笑"图像蒙版,使用大号的软边画笔,开始隐去男孩嘴部,展示牙齿部分。须仔细处理这部分,必要时可改变画笔的大小。当大部分牙齿都能看见后,选择"加深"(Burn)工具。在"工具栏"(Toolbar)中,将选项设置为:"范围"(Range);"亮"(Highlights);"曝光"(Exposure):50%,暗化"微笑"图像上牙齿上方的肌肤色彩。

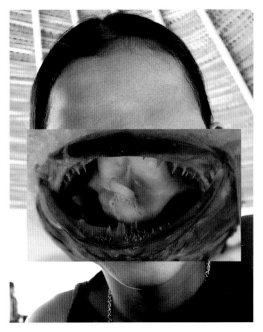

9 嘴部效果虽然很好,但是我们将通过增加第二张嘴的方式来增加深度。打开图像3.jpg,在整个嘴部四周画出一个矩形备用项,将其复制到图像上。将新图层放到"微笑"图像上,将其命名为"嘴部2"。因为我们需要上颚处于底部,因此,下一步就是垂直翻转"嘴部2"图像。选择"编辑"(Edit)>"转换"(Transform)>"垂直翻转"(Flip Vertically),通过以上步骤来调整嘴部大小,让其和"嘴部1"的顶部以及"微笑"图像完全吻合。

怪 物

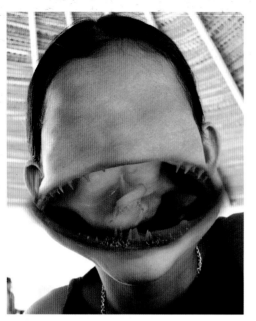

10 现在需要对嘴部进行蒙版操作，所以选择"图层"（Layer）>"图层蒙版"（Layer Mask）>"展示全部"（Reveal All）来给"嘴部2"图层增加一个图像蒙版。用大号的150像素的软边画笔，开始抹去嘴部——隐去除了下齿和下部外露边缘之外的所有对象。使用"边缘"工具来创建更多边缘，所以下颌曲线必须原封不动。当大部分不需要的部分被蒙版后，对其进行缩放处理，使用小一些的、大约30像素的硬边画笔去除更多的嘴部，以确保留下牙齿，而且使之看上去很锋利。

11 回到步骤2，我们复制眼睛部分，然后隐藏眼睛部分。现在，我们需要在此展示眼睛，并将它们放到脸部的合适位置。将眼睛图像拉到所有图像之上，使用"移动"（Move）工具将眼睛向下朝嘴部拉动。需要在此将眼睛周围的皮肤进行蒙版。将图像蒙版并加到眼睛上，使用软边、大约70像素的中号画笔，将前额色彩设置为黑色，涂去皮肤，只留下眼睛。

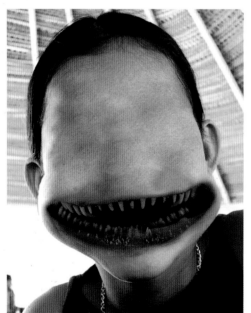

12 最终步骤就是将眼睛进一步分离开来。按Ctrl右键，点击眼睛图层蒙版，选择"应用图像蒙版"（Apply Layer Mask）。这将永久性删除被蒙版的像素——所以，只有在对蒙版满意时，才可以进行此项操作。在一只眼睛周围画出一个备用项，选择"图层"（Layer）>"新建"（New）>"通过剪切的图层"（Layer Via Cut）。此操作将把选取的眼睛放在一个新图像上，原来的图像便只剩下了一只眼睛。分别将它们改名为"左眼"和"右眼"。微微向左移动左眼，向右移动右眼，便完成了侏儒图像。

最终图像

　　此种恐怖却不失幽默的图像，可以通过使用合适的动物嘴部进行创作——宠物猫懒洋洋地打着哈欠，若贴到人物图像上，就会产生令人恐惧的效果。

©Simon Rudd

陷入困境

乔治娅·登比摄制

　　这张图像仅仅利用了一张源图像，并使用Photoshop略微加工就完成了。这很容易创作，而且任何类似的图像编辑程序都会产生这种效果。我们需要的只是一卷有弹性的车轮内胎，可以从自行车或汽车配件商店获取。此外，还需要两名模特。

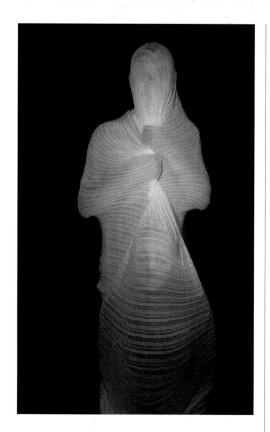

2 在Photoshop中打开图像，通过选择"图像"（Image）＞"模式"（Mode）＞"灰度"（Gray-scale），将图像转变为"灰度"（Grayscale）模式。

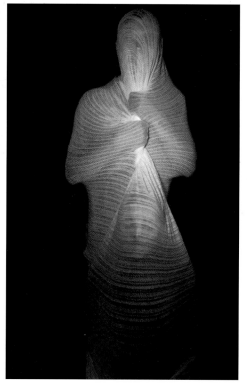

3 为了使模特更加突出，复制背景图层以获取两张相同的图像，一张放在另一张之上——也就是背景像和背景图像复制品。将新图层的混合模式改为"正片叠底"（Multiply），图像立刻有了"鬼魅"的感觉。

1 令模特摆出如图所示的姿势，其中一个站立，而另一个跪在前面，均面朝相机。织物是一种非常长、可伸展的纤维内胎，任何模特都可以轻易地被包裹在其中。抓住内胎的一头，将大量内胎覆盖于站立着的模特身上，然后向前拉伸内胎，直至覆盖前面跪地模特的头部。确保纤维在他们的脸上绷得很紧，否则脸部就不能从内胎中显现。使用两盏影室灯光，每侧各置一盏，在拍摄前确保脸部能够看见。或许，需要处理一下灯光，才能拍出更好的效果。

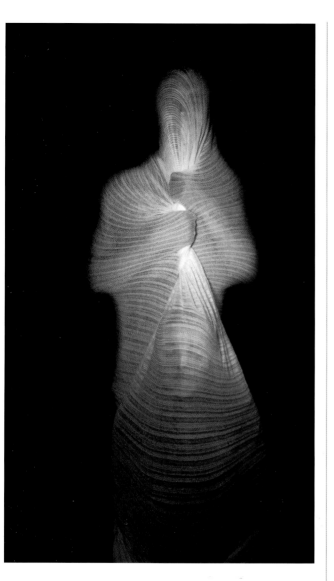

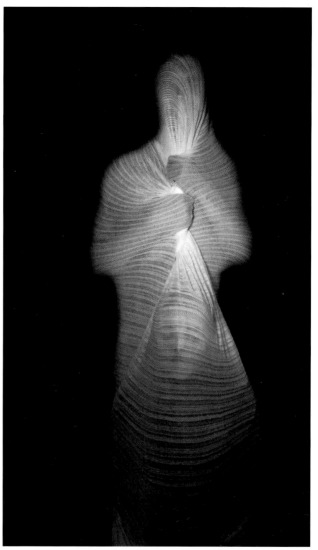

4 接下来，我们需要软化模特四周的尖锐边缘。选择和背景一样的黑色，使用"吸管"（Eyedropper）工具，选择柔软而宽大的画笔，将画笔的"不透明度"减至70%，慢慢地在模特边缘进行描画，可能需要多次重复才能获得理想的效果。暂时不要对跪地模特的左侧和右侧作任何处理。

5 将画笔的"不透明度"改为40%，再次描画边缘，进一步移动画笔来软化边缘，这可能需要把画笔加大，使其外形大小合适。直到现在，对跪地模特仍未作丝毫处理。

陷入困境

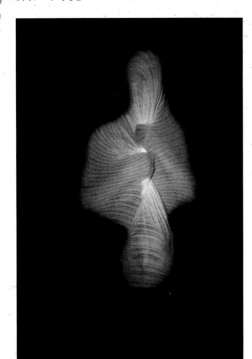

6 为了创建"被袋子包裹的头部"形状，使用步骤4和步骤5中列举的技巧，画出跪地模特头部之下的区域，但是，还是不处理跪地模特的两边区域，以使其轮廓鲜明。

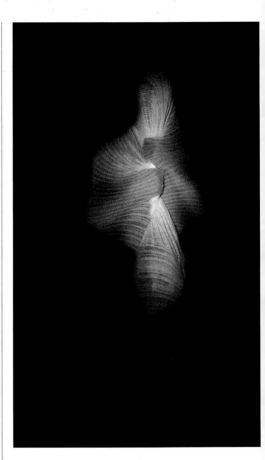

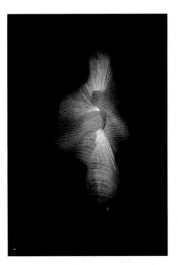

7 图像即将完成了，只需做些许调整。选择"加深"（Burn）工具，将"不透明度"保持在约40％，使用特大号画笔，描画中间被照亮的区域，重点关注脸部和手臂。

8 选择"色阶"（Levels）〔"图像"（Image）＞"调整"（Adjustment）＞"色阶"（Levels）〕，将右箭头向右拉，直到满意为止。在此不需要将箭头滑动太远，否则会破坏效果。需要的只是凸显图像中央亮部的影调。

9 最后，点击"滤镜"（Filter）＞"锐化"（Sharpen）＞"锐化蒙版"（Unsharp Mask），进入下列设置："数量"（Amount）：100％；"半径"（Radius）：1.0；"阈值"（Threshold）：0。或许不需要进行最后的操作步骤，假如那样的话，则省略此步骤。

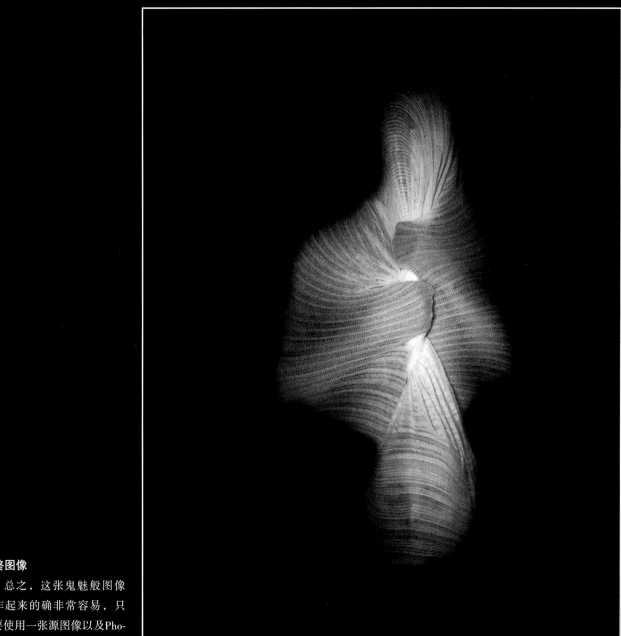

最终图像

　　总之，这张鬼魅般图像创作起来的确非常容易，只需要使用一张源图像以及Photoshop中的混合模式和画笔功能即可。

©Geogia Denby

超现实数码影像创意 2

秘 密

西蒙·鲁德摄制

"我不了解你，但是我害怕保守秘密。

无论秘密是什么，我总是在错误的时间向错误的对象不经意地说出。"所以，作者创作了这幅图像，提醒自己有时候需要给自己的嘴上加一把锁。创作此图像的主要工具是"液化"滤镜（Liquify filter）、"克隆图章"（Clone Stamp）和"加深"（Burn）工具。

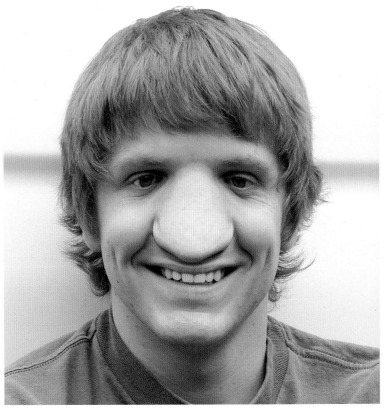

1 首先，在Photoshop中打开图像，制作一张备用图像（Ctrl/Cmd+J）。然后，使用"裁剪工具"（Crop）将焦点集中到模特脸部——点击图像左上方希望保留的部分，然后拉动鼠标笔直向下，直到在选项四周画出一个正方形或者矩形。图像未加选取的区域将变成灰色，显示剩下的区域。当对选取满意之后，点击"工具选项"栏中的"复选标记"（Checkmark）。

2 下一步就是使用"液化"滤镜略微改变脸部的形状。载入该滤镜，选择"滤镜"（Filter）>"液化"（Liquify）或者按Shift+Ctrl/Cmd+X。当新窗口打开后，选择"膨胀"（Bloat）工具——它看上去很像靠垫（通常是从顶端开始的第5个工具）。改变设置为："画笔大小"（Brush Size）：300；"画笔浓度"（Brush Density）：50；"画笔压力"（Brush Pressure）：50；"画笔速率"（Brush Rate）：40。将画笔集中在模特的鼻子部分，按下鼠标右键，直到鼻子膨胀成如图示那样，点击OK键即可。

3 现在撤除嘴部。这是一个相当直接的程序，只需要使用"克隆图章"（Clone stamp）和"修补工具"（Patch Tool）。载入"克隆图章"，按Alt/Opt+点击一部分肌肤来设置克隆源。我们使用了模特的下巴部位。将画笔大小设置为50像素，"不透明度"设置为70%，逐渐去除嘴部图像。完成这些之后，你会注意到人物嘴部看上去是扁平的，没有纹理，所以我们要使用"修补工具"来处理。

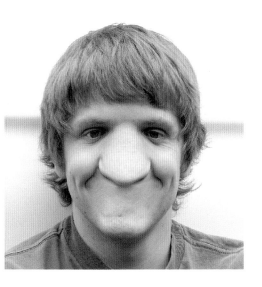

4 "修补工具"可以复制纹理，处理肌肤时尤为理想。使用鼠标，将其拉到下巴部位，画出嘴部选项。当放开鼠标键后，它将把选取的肌肤纹理复制到嘴部。在对结构满意后，接下来处理鼻子和微笑的线条。

6 在对钥匙孔形状满意后，进行复制并绘上金属纹理。为了复制钥匙孔，点击"钥匙孔"图层，选择"图层"（Layer）>"新建"（New）>"拷贝图层"（Layer Via Copy），或者按Ctrl/Cmd+J。将该图层重新命名为"金属钥匙孔"。通过按Ctrl/Cmd键并点击图形，在新钥匙孔四周创建一个选项。以400％的设置使用"滤镜"（Filter）>"杂色"（Noise）>"增加杂色"（Add Noise）来给图层增加杂色。接着选择"模糊"（Blur）>"动感模糊"（Motion Blur），进入如下设置："角度"（Angle）：21°；"距离"（Distance）：30像素。

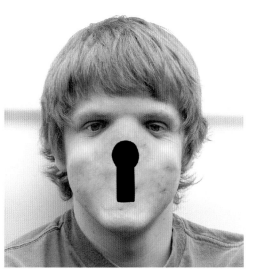

5 我们现在将收缩具有艺术美感的面部肌肉，制作一个基本的钥匙孔形状，也就是一个圆角矩形和一个圆圈。通过制作新图层〔"图层"（Layer）>"新建"（New）>"图层"（Layer）〕来开始这项操作，将新图层称为"钥匙孔"。点击键盘上的D键来设定默认色彩，然后点击"圆角矩形"（Rounded Rectangle）工具。在工具选项栏中，将"半径"设置为25像素，形状选项为"填充像素"（Fill Pixels）。从模特嘴部向下到其嘴唇所在位置画一个长的垂直矩形。接下来，选择"椭圆"（Ellipse）工具，从矩形顶部到往下四分之一的位置画一个圆圈。

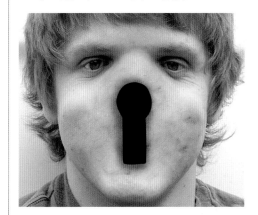

7 现在需要给钥匙孔增加一些深度，使其看上去更加真实。选择"模糊"（Blur）工具，选项设置为："画笔大小"（Brush Size）：50像素，使用软边画笔；"范围"（Range）："中等色调"（Midtones）；"曝光"：50％。回到操作过的图层，开始沿着钥匙孔图像边缘进行勾勒。这使得图像看上去呈现红色，颜色加深。

秘密

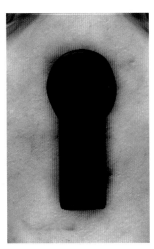

8 再次使用"加深"（Burn）工具来增加图层的色彩深度。将"范围"从"中等色调"改成"亮光"，将画笔大小改为25像素，其他设置不变。像上面那样沿着钥匙孔边缘描画，尽量接近钥匙孔形状，确保一些中等红色色调呈现在图像上。

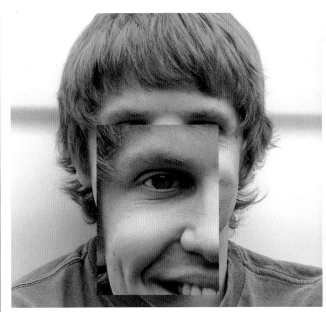

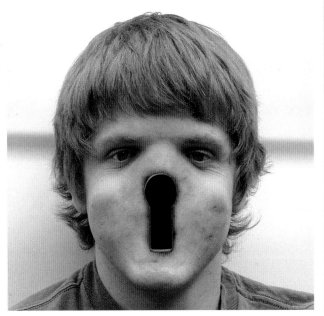

9 现在，钥匙孔看上去有些突出了，但还需要进行调整。选择"金属钥匙孔"图层，通过按Ctrl/Cmd—点击，在图像旁边放置一个选项。点击"选择"（Select）>"修饰"（Modify）>"压缩"（Contract），键入10像素值。这将使得选项减少10个像素。通过按"删除"键来清理选项内区域，按Ctrl/Cmd+D来撤除钥匙孔。现在，钥匙孔内部已具备了金属纹理。

10 图像的最后一个元素是钥匙孔内的物体。可以加入任何事物，只要你喜欢。我决定加入一只眼睛，它将瞪着往孔外看。回到第一张图层——也就是源图像——接着，使用"矩形选框"（Rectangular Marquee）工具，在一只眼睛四周画出一个大选项。选择"图层"（Layer）>"新建"（New）>"通过拷贝的图层"（Layer Via Copy）来复制该选项，并且将其命名为"眼球"，将"眼球"图层拉到所有图层之上。

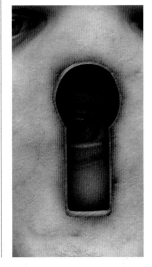

11 为了改变眼球的大小，选择"编辑"（Edit）>"转换"（Transform）>"自由转换"（Free Transform）。在按住Shift键和Alt/Option键的同时，将图像放大至原来的两倍。将眼球图层放到钥匙孔形状上。最后的步骤便是给所有不需要的眼球图层进行蒙版操作。通过按"图层"（Layer）>"图层蒙版"（Layer Mask）>"展示所有图层"（Reveal All）给眼球图层增加图层蒙版，将前景色彩设置为黑色，以30像素的软边画笔，用色彩涂去不需要的部分。

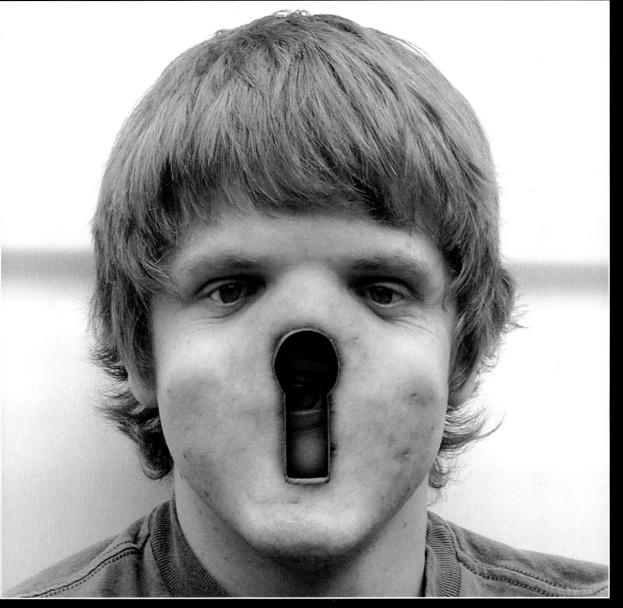

最终图像

　　这张令人恐慌的图像的焦点在于钥匙孔的象征意义，但是，
使用"自定形状"工具（Custom shape tool）可以创作出形形色色
的空穴图像，以此为窗口展现人的"灵魂"。

　　©Simon Rudd

在这部分，我们将看到超现实生物的制作过程。其中一些用到了人体的某些部分，还有一些甚至借用了儿童玩具和停车计时器，然而它们却创造出一些我们未曾见过的"生物"。其中也包含一些创作主题的广泛融合———一些生物看上去很神奇，但也有一些确实是超现实的梦魇，你可不要期望在漆黑的夜晚身后出现这类东西哦。

生　物

超现实数码影像创意2

林中怪物

汉普斯·萨穆埃尔松摄制

今天，你不需要像弗兰肯斯坦博士（dr. Frankenstein）那样用人体的某些部位制造生物。在Igor von Photoshop的大力帮助下，你可以切割和改变肢体，创造出一些超现实的生物。

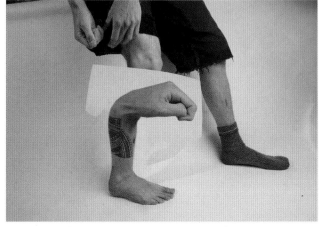

2 脚上的文身位置过高且太宽，于是选取了文身下面一截并复制到新的图层，作为一个智能对象，然后将它变形，与手腕结合。进入变形模式的最快捷的方式是先按Ctrl/Cmd+T，之后按Right/Ctrl+点击屏幕上的目标，选择"变形"（warp），这样可以使它显得更合适，使用图层蒙版将所有分离的区域混合起来。

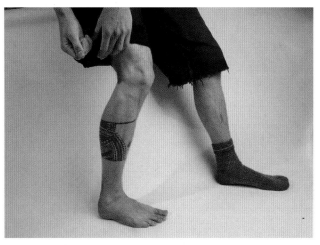

1 打开精心选择的脚和手的图像。首先，我们要合成手、脚和小腿。降低手部位图层的不透明性，你能够通过它看到小腿并将两者协调。目前看来，手腕远比小腿瘦，我们需要将它放大，形成无缝连接。但是不能简单地放大图像，如果不想使手部大得夸张，可以选择变形的方式。首先，将这个图层放置到智能对象〔"图层"（Layer）>"智能对象"（Smart Objects）>"组合智能对象图层"（Group Into New Smart Object）〕，以便必要时返回和编辑。

3 现在可以显示生物了。从脸的图像中截取双眼，将它们粘贴到PSD作为第二个图层，即每只眼睛一个图层。由于常规的双眼显得无趣，所以要将它们合并：调节一下，将左眼置于右侧，将右眼置于左侧。这样看上去比较怪异。使用图层蒙版将双眼合并到手上，用"色阶"（Levels）调节将两者进行无缝连接。还改变了左眼的"色调"（Hue）和"饱和度"（Saturation），以便获得较好的效果。如果可能，应尽量保留眉毛。

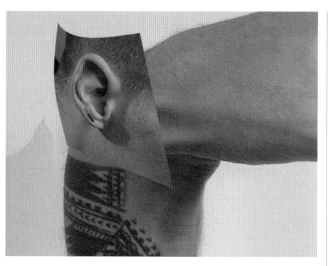
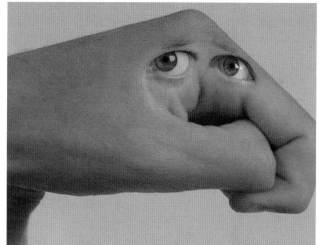

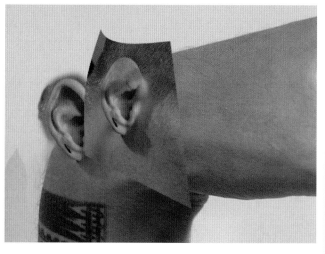
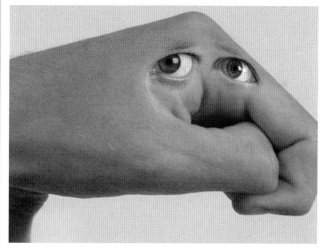

4 现在该是让生物具有听觉的时候了。打开耳朵的图像，用刚才使用的处理手和文身的步骤操作——将耳朵变形，直至形状令人满意，之后使用图层蒙版使之与手合并。复制第一只耳朵，使用"克隆图章"（Clone Stamp）工具建立左耳的背部。只需要做耳朵的顶部，之后使用图层蒙版将手后面的剩余部分隐藏起来。不用担心边上的毛发，我们随后会用其他图层蒙版来处理。用"加深"（Burn）工具或者"喷笔"（Airbrush）在耳朵底部打上阴影即可。

5 用"色调"（Hue）和"饱和度"（Saturation）调节图层，勾选"着色"（Colorize）方框，改变眼睛的颜色。使用"色调"（Hue）滑块选择颜色，按OK键确认。获取带有图层蒙版的新图层。按Ctrl+Cmd+I转换图层，用"画笔"（Brush）工具涂去蒙版上的眼睛。

林中怪物

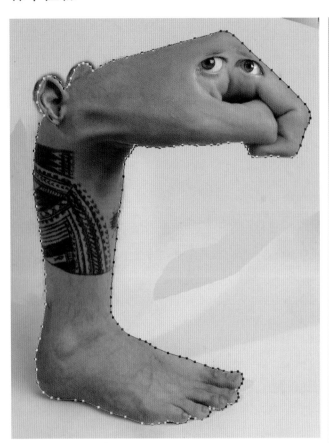

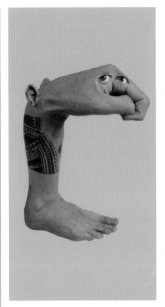

7 将腿上的汗毛去掉，选择"通道"（Channels）面板里最高对比度的通道，在这个实例中是蓝色。首先复制该通道，使用"色阶"（Levels）强化对比，然后是Ctrl/Cmd+点击其缩略图，翻转新的通道使之成为一个选区。点击之前由路径保存的通道，用软画笔去除部分汗毛。选择该通道的全部内容，将其粘贴到你的生物组作为一个新的图层。你也许会添加一个固体填充的背景图层，这样会使图像更加清晰。

6 现在，我们需要将该图形从背景中分离出来。作者喜欢用路径和alpha方法。首先，确保你的图形在同组——点击位于图层调板底部的"创建新组"（Creat a New Group）图标，创建一个组，将生物的图层拖至该层。打开"路径"（Path）面板，用"画笔"（Pen）工具根据该生物的边际创建一个新路径。该步骤需要做一些练习，但是不要放弃！一旦掌握之后，操作就会很熟练并且胜过其他方法。完成路径后，用Right键/Ctrl+点击路径的缩略图，勾选"建立选区"（Make Selection），将你的路径转换到另一个选区。换到路径面板，点击底部的"保存选区为通道"（Save Selection As Channel）的图标。

8 从草图中为生物创作一个背景。首先需要画一些透视线，在新的图层上作为向导。随后，选择一个图像作为背景。利用较好的电车车库墙面作为地板，将它粘贴、改变，使之适应辅助线。现在使用油漆来进行加工。作者有一些旧器械的绝好图像。扭曲变形地板顶部的漆，改变图层的混合模式直至达到"强光"（Hard Light）。最后回到木质地板上，使用"克隆图章"（Clone Stamp）工具去除漆层下面明显的裂痕。

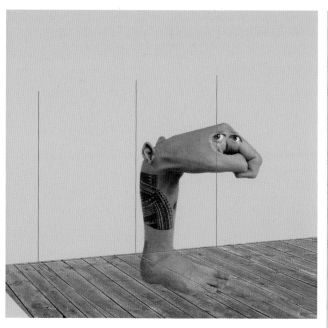

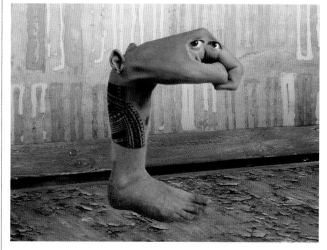

9 用上述添加地板的方式添加一堵墙，确保遵循上述方式得到一个正确的透视线。适当调节"色阶"（Levels）、"色调曲线"（Curves）和"色调/饱和度"（Hue/Saturation），混合必须的元素。作者已经专门添加了一根木条作为踢脚板——与透视线吻合，并对颜色稍稍加以调节。

10 至此，大部分工作已经完成了，我们还需要添加一些细节部分。如果生物是光脚跳跃的，那么脚上应该有更多的疤痕。我已经用其他有裂纹的图像与其混合，把模式调至"柔光"（Soft Light）就可以得到该效果。接下来，在生物后创建新的图层，用软画笔画一些阴影，再改变阴影层的混合模式，直至达到"柔光"（Soft Light）效果。

林中怪物

11 作者对这幅图像的色彩作了一些处理，用"色调/饱和度"（Hue/Saturation）调整图层中的"着色"（colorize），并将"色调"（Hue）改为绿色。将这个色彩层的混合模式调为"柔光"（Soft Light），不透明性设为30％。完成后，裁剪图像，突出生物和某些背景。

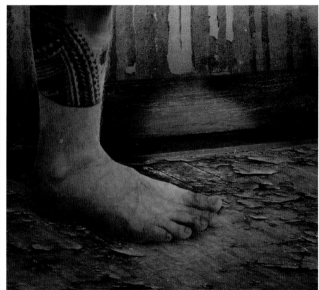

13 最后用覆盖纹理进行尝试，并对图像作老化处理。作者移入了一本旧的《圣经》封面上的图像，置顶，将混合模式设为"柔光"（Soft Light），不透明性设为50％。在最后一步中，地板的漆不是太完美，可用"色调"（Hue）和"饱和度"（Saturation）调整面板，将"色调"（Hue）改为绿色，降低饱和度。选择其图层蒙版，翻转，在需要绿色的地方上色，使地板呈现出脏和发霉的感觉。

12 给图像添加一些内容，在图像的四周添加一个暗化的装饰。这将使得生物更引人注目。用"羽化"（Feather）设为150像素的"椭圆选择"（Elliptical Marquee）工具选择一个选区。翻转该选区，调节"色阶"（Levels），降低白色的"输出"（Output）色调至170左右。

最终图像

　　该图像说明，你也能制造一个引人注目的生物。但只有花费时间，将它置于适当的环境中，它才显得完善。

©Hampus Samuelsson

熊

超现实数码影像创意 2

安东尼·冯格雷迪斯摄制

有时，我们可以从多张照片中创作出一幅图像，制作并欣赏从某些元素合成的图像很有意思。使用图层混合模式和调整图层改变合成图像的颜色和亮度，使它展现自然的特征，一个简单的物体却能显示出生命活力。

1 从一张旧邮票入手，将它作为整个图像的抽象背景。为了获取足够的细节，我们需要对整张邮票做高分辨率的扫描。对之作180°的旋转扫描，然后放入抽象设计的中央部分。用"克隆图章"（Clone Stamp）工具消除圆形图案上的数字"5"。选择圆形图案深色的部分〔确保"克隆图章"工具没有设为"排列"（Aligned）〕，并且把数字小心清除，从而在圆形图案处形成一块空白的深色区域。

2 现在，我们要用photoshop中的"发光区域滤镜"（Glowing Edges）获取更加生动的背景。使用"亮度"（Brightness）和"平滑度"（Smoothness）选项中的高配置以及边缘宽度选项中的低配置。在取得需要的效果后，我们使用"色相/饱和度"（Hue/Saturation）调解功能来改变背景的色相，使之变成更酷的绿色。

3 现在，我们可以在图像中添加第一个元素。美元纸币上的眼睛图像和圆形图案很接近。用高清晰度扫描纸币背面，选择含有眼睛的三角区域。一旦选中区域，切换到"快速蒙版"（Quick Mask）模式，使用"模糊"（Blur）滤镜柔化选择区域边缘。再切换回"标准编辑"（Standard Edit）模式，复制并将眼睛粘贴到邮票的背景上。使用眼睛图层上"线性光"（Linear Light）混合模式，将图层的不透明性设为25%。这将使眼睛和深色图案背景混合得更自然。

4 我们需要从图像中选择熊，并去除背景。做好前期准备，并要在纯色背景中选取物体，这很有必要。这样能够使用"选择"（Select）>"色彩范围"（Color Range），省去手动选取熊边缘的麻烦。在"色彩范围"（Color Range）选取最佳选区后，可以通过切换到"快速蒙版"（Quick Mask）模式以及擦去多余的选定区域来调整选区，然后获取清晰的选区。我们可以切回到"标准编辑"（Standard Edit）模式，在背景上复制粘贴熊的图像。调整必要的尺度和旋转调解器，使熊在方框中位于合适的位置。

5 我们要为熊的脸选择和复制一个停车计时器。这里不使用"色彩范围"（Color Range）选区工具，而是耐心使用"快速蒙版"（Quick Mask）选择物体。用"画笔"（Brush）工具在蒙版上对选择的区域做细心的标记。选中后，用蒙版上的光混合柔化选区的边缘。随后，复制粘贴并且改变图层的混合模式为"差值"（difference）。在该模式中，熊的脸将透过停车计时器。这使得我们可以调整尺度和旋转，以便计时器在熊的脸上放置恰当。

6 为停车计时器图层创建新的图层蒙版。用蒙版去除熊嘴、双眼周围以及下巴下面停车计时器的分离部分。我们在做区域标记时，观察图像上的蒙版效果很重要。如有必要，重新设置画笔的"硬度"（Hardness）或者减少其不透明性。

熊

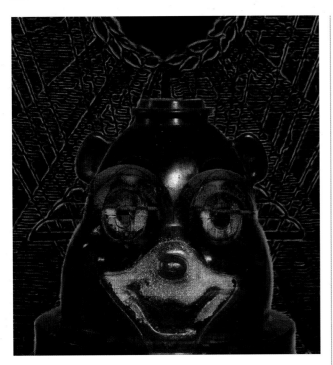

9 我们需要对分开的图层分2步进行调节，以便从图像中获得更流行的特征。为了突出图像中的计时器部分，我们对计时器图层添加"色相/饱和度"（Hue/Saturatuion）的效果。点击计时器图层缩略图，添加"色相/饱和度"（Hue/Saturatuion）的调节图层。勾选"使用前一图层创建剪切蒙版"（Use Previous Layer to Create Clipping Mask），随后将"色相"（Hue）设为+160，"饱和度"（Saturation）设为+50，"明度"（Lightness）设为+20。

7 按Ctrl/Cmd＋点击图层调板上的计时器图层缩略图。这样会自动载入一个与计时器匹配的选区。点击熊图层并选择，制作一个"亮度/对比度"（Brightness/Contrast）调节器图层。将"亮度"（Brightness）设为30％并确定，图层将自动设定为对包含在选区的区域起效。

8 该图像已经呈现出有趣的形象。由于图层的混合造成了熊的眼睛四周有刺眼的蓝色。接下来的步骤将有助于使所有分离的图层形成一个更加整体的外观。在整个图像中应用"色相/饱和度"（Hue/Saturatuion）效果，将"色相"（Hue）调至+150、"饱和度"（Saturation）为+15。由于使用了一个更加调和的颜色，不同元素的合成显得更自然。

10 最后一步调整是在图像的背景部分添加"亮度/对比度"（Brightness/Contrast）调节图层。点击邮票背景，添加调节图层。将"亮度"（Brightness）设为+40、"对比度"（Contrast）设为+15，这会使图像的整体亮度较一致。其中的一些调节可以根据自己对亮度和颜色的喜好作相应的改变。但在某一个图层上所作的变化有可能导致所有图层发生较大的变动，你的双眼将告诉你应该如何取舍。

最终图像

　　四种不同的元素通过混
合模式和图层的调节得以
合成，并完成了这幅有趣
的图像。

你得不到我

内拉·杜纳特摄制

如果你因为在实际生活中未曾见过童话世界而悲伤，那么现在，你可以学着使自己成为古老童话世界的一部分了。

2 翻转选区（Ctrl/Cmd+Shit+1），点击"快速蒙版"（Quick Mask）图标，然后双击绿色（红色：0，绿色：255，黑色：0）至100%。现在用黑色画笔使透明绿色的背景部分变得模糊，白色画笔将恢复隐藏的手和瓶子这一部分。

1 打开一个玻璃瓶的图像（玻璃瓶_01.jpg），将前景颜色设为亮红（红色：201，绿色：24，黑色：40——图像背景中的颜色）。选取"选择"（Select）>"色彩范围"（Color Range），确保手和瓶子的边缘为黑色，背景和玻璃为白色。增加"颜色容差"（Fuzziness）滑块，获得较好的效果。

3 按Q键回到"标准编辑"（Standard Edit）模式，创建一个图层蒙版。用"海绵"（Sponge）工具检查玻璃，以去掉反射的红色。打开"图像"（Image）>"调节"（Adjustments）>"色彩平衡"（Color Balance），改变设置："阴影"（Shadows）：1，0，−6；"中间色调"（Midtones）：11，−11，37；"高光"（High Light）：−1，−8，−9。

4 将新图层设置命名为"背景"。创建一个新的图层，设成棕色，然后加上纹理图像，形成一个满意的背景。下载这些已有的图像（纹理_02.jpg，纹理_03.jpg，纹理_04.jpg），或者自己创造一种不同的效果。将各个纹理图层的混合模式设为"叠加"（Overlay）、"强光"（Hard Light）和"柔光"（Soft Light），并将它们的不透明性设为30%~50%。你可以逐步体验这些设置，直至对结果满意。

5 打开女孩的图像（女孩_06.jpg），用"多边形套索"（Polygonal Lasso）工具选择女孩周围的区域，按Q键将其他背景用黑色画笔刷成黑色（蒙版将变成红色）。如果做错了，用白色画笔恢复到修改前的颜色。按Q键将选定的女孩图像复制到工作文件上，水平翻转瓶子的图像，使得彼此的阴影相匹配。

你得不到我

6 选择"减淡"(Doge)工具,并提亮灯光照射之下的区域。将手掌左侧边缘的光加深一些,使之显得逼真。

7 在女孩的图层下面复制蝴蝶翅膀,并将它们调整,以适合女孩的姿势。调节该图层的"色相/饱和度"(Hue/Saturation)和"亮度/对比度"(Brightness/Contrast),直至满意。然后用一个图层蒙版给翅膀的边缘上色,并使之自然退色。

8 将翅膀的不透明性降至70％，添加一个"外发光"（Outer Glow）的图层，配置如下："颜色"（Color）：白色；"混合模式"（Blend Mode）："覆盖"（Overlay）；"不透明性"（Opacity）：100％；"大小"（Size）：115px。将女孩的图层的"不透明性"（Opacity）降至95％，添加另一个"外发光图层"（Outer Glow）风格，配置如下："颜色"（Color）：黄色；"混合模式"（Blend Mode）："强光"（Hard Light）；"不透明性"（Opacity）：70％；"大小"（Size）：120px。

9 该步骤可自由选择，这取决于你喜欢哪种女孩类型——如果不喜欢原来图像上的发型，可以在上一个图层画一个新的发型。如果不会画，可以用图页上大量免费的自定义头发刷来操作。

10 创造仙境非常容易。建立一个新的图层，将混合模式设为"叠加"（Overlay），"不透明性"（Opacity）大致为50％。取软的白色画笔在一个独立的图层随意点击，应注意变化画笔的大小。在身体和翅膀之间的图层重复这个步骤，会增加空间感。

你得不到我

12 本项工作的最后步骤是营造图像的氛围。在文件上添加两个纹理（纹理_95.jpg，纹理_07.jpg），将它们的混合模式设为"柔光"（Soft Light），降低不透明性，以取得更好的效果。还要使那些看上去太强烈的部分纹理模糊一些，尤其是脸部和手部。在手部下面的背景上添加阴影，使三维效果更明显。

11 接下来，我们要在人体前面加入玻璃瓶子。在"图层"（Layer）调色板上创建新的图层，用软的白色画笔〔将"不透明性"（Opacity）设为30%〕画一条垂直线，在其后画一条细的黑色线。应用"模糊"（Blur）工具将身体和翅膀混合在这条线之下。然后，将远离玻璃的部分再多混合一些，使人物的脸部和持瓶的右手掌显得很清爽。

最终图像

现在"仙女"的确是被关在瓶子里了。我们只需用"移动"（Move）工具将"仙女"快速移到"图层"（Layer）调板，便能将她释放。

©Nela Dunato

心 碎

帕特里克·布洛姆奎斯特摄制

制作这幅图像的灵感来自萨尔瓦多·达利（Salvador Dali，西班牙画家——编注）的作品《睡眠》。就像油画一样，由最初的草稿开始创作。正如画家从一块空白的画布开始创作那样，这幅超现实的作品也需要一些原始材料。《心碎》这幅作品主要取材于两幅图像，从不同的角度混合得到扭曲的效果。环境是有一些光效的简单纹理。户外的图像是用佳能400D照相机拍摄的，需要改变色相和光照，使之更适合室内的环境。

超现实数码影像创意2

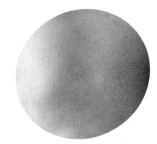

2 现在创建新的形状。将后脑从下巴处接出来，在下巴和拷贝合并处选择一个椭圆形的区域。将它拉大，放置在头部上面。再添加图层蒙版，设为"显示全部"（Reveal All），并且抹去需要的部分。重复完成头部，合并各图层。在头部选择一区域，翻转该区域并删除背景，现在头部的雏形已经具备。

1 首先，我们对图像作较大角度的扭曲。打开"脸1.tif"和"脸2.tif"。复制"脸2.tif"到"脸1.tif"。添加图层蒙版，隐藏"脸2.tif"的全部内容，随后选取需要的图像部分，使用宽250像素的软边画笔。用"修复画笔"（Healing Brush）工具［J］还原眼睛和鼻子之间的纹理。从下巴处选取纹理，按住键Alt/Option键设定取样点。

3 调节色相和饱和度，平衡图像的颜色。添加"色阶"（Level）调整图层，缩小色阶。用"色彩平衡"（Color Balance）调节图层产生暖色调。删除调节图层蒙版上眼睛的红色相。你能够随意涂亮眼睛和牙齿的白色部分，用"色相/饱和度"（Hue/Saturation）调节层或者"海绵"（Sponge）工具（键盘上的O键）设置"饱和度"（Saturation），以增加嘴唇的饱和度。

提 示

推荐用"画笔"（Pen）工具选取内容。在"路径"（Path）调色板可以保存并再次使用曲线，这学起来较难，却非常精确。

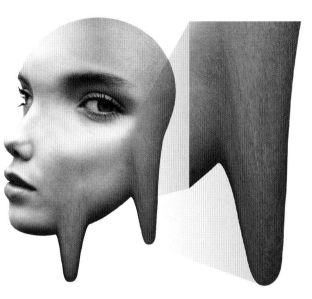

5 一旦创建了一条前腿，你就可以将它复制成后腿。从前腿上选择一个区域，复制粘贴到新的图层并将其放置在头部后面。添加色阶调节层，使腿显得暗一些。

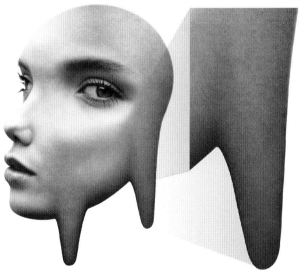

6 现在将一些模型加入到创造物中。选择深棕色，用宽的软边画笔刷到新图层的阴影部分，作为一个剪辑图层。设置不透明性为35％、混合模式为"正片叠底"（Multiply）。在另一个图层上用宽软边白色画笔涂上亮光，作为剪辑蒙版。将这个高光蒙版的混合模式设为"柔光"（Soft Light）。

4 接下来的步骤是创建"腿"。"液化"（Liquify）滤镜常用来制造烟雾和其他效果，但我们在此要用它来创建腿及其他部分。点击"液化"（Liquify）滤镜，用高密度设置大约250~300px的大画笔拖出"腿"的形状。"液化"（Liquify）滤镜对纹理的损伤较大，可以用"修复画笔"（Healing Brush）工具重建。按住Alt/option键，从下巴处选取纹理，将其应用到新创建的腿上。

心 碎

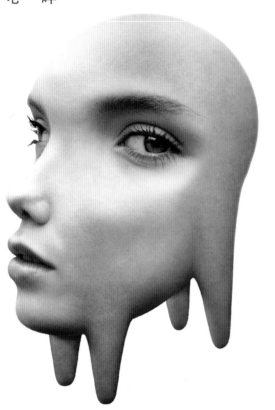

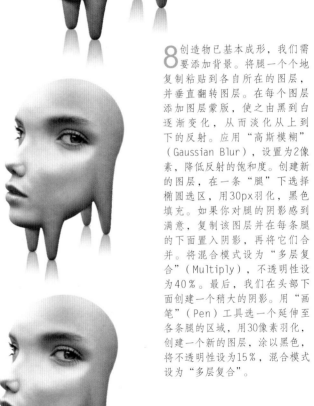

7 复制头部创建一种深度感，将新图层作为剪辑蒙版。应用5像素的"高斯模糊"（Gaussian Blur），添加图层蒙版，设为"隐藏全部"（Hide All），用颜料使头顶部产生模糊的效果。按Ctrl/cmd+点击左边头部的图层，羽化所选的区域，用5像素羽化选区，并翻转选区，在该图层添加图层蒙版，去除头部后侧的边缘，以增加其空间深度。

8 创造物已基本成形，我们需要添加背景。将腿一个个地复制粘贴到各自所在的图层，并垂直翻转图层。在每个图层添加图层蒙版，使之由黑到白逐渐变化，从而淡化从上到下的反射。应用"高斯模糊"（Gaussian Blur），设置为2像素，降低反射的饱和度。创建新的图层，在一条"腿"下选择椭圆选区，用30px羽化，黑色填充。如果你对腿的阴影感到满意，复制该图层并在每条腿的下面置入阴影，再将它们合并。将混合模式设为"多层复合"（Multiply），不透明性设为40%。最后，我们在头部下面创建一个稍大的阴影。用"画笔"（Pen）工具选一个延伸至各条腿的区域，用30像素羽化，创建一个新的图层，涂以黑色，将不透明性设为15%，混合模式设为"多层复合"。

9 复制所有的图层，将它们水平翻转，生成图像中心的另一半。在右侧和左侧添加图层蒙版，去除嘴唇部分，使它们重叠。图像依然显得平淡。因此，在作为剪辑蒙版的新图层右侧创建阴影。

将该剪辑图层的不透明性设为40％、混合模式设为"正片叠底"（Multiply），将同样的步骤应用到左侧脸部。

超现实数码影像创意 2

心 碎

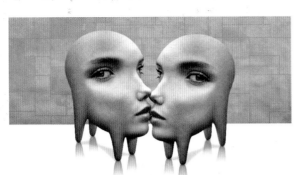

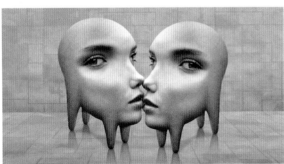

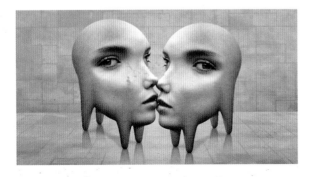

10 打开"纹理.tif"，将它作为背景墙。为了增加纹理的动态，复制渐晕镜头。你可以创建一个新的图层，画一个由黑至白的放射性渐变，设置图层的不透明性为20%、混合模式为"正片叠底"（Multiply）。复制墙的图层，应用"编辑"（Edit）>"变换"（Transform）>"透视"（Perspective），使墙倾斜，再在地板上用同样的方法添加一个渐变。从一个设有柔光的新图层的图像中心创建一个从白色到透明的基本渐变，并在头部后面设一个柔和的光源。调整环境的"色相/饱和度"（Hue/Saturation）和"色阶"（Level），与调整图层协调头部的色相。缩小"色阶"（Level），复制合成和应用"自动色阶"（Auto Levels）及淡化50%，以保持暖色调。

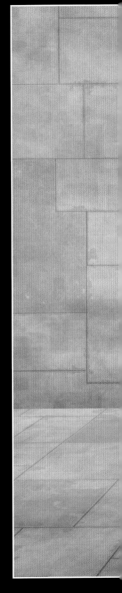

最终图像

　　两个头部的形状及其位置排列，创造出了悲伤的心形图像。

©Patrik Blomqvist

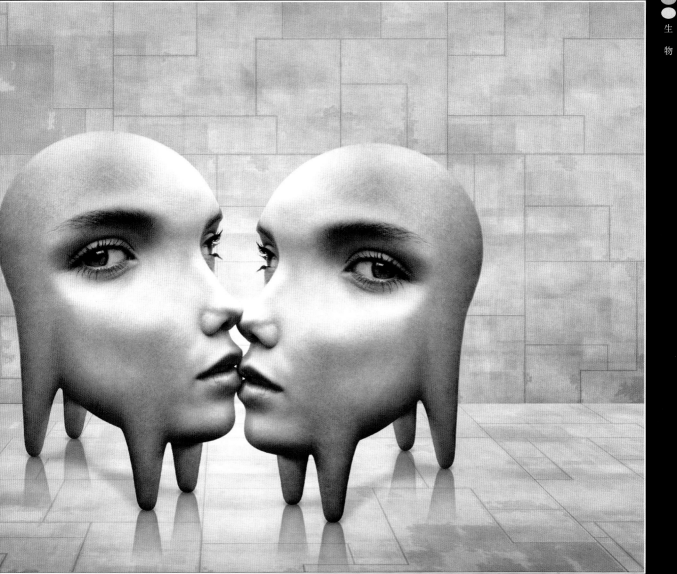

电子水母

内拉·杜纳特摄制

将有机体和机械元素合成的创意在超现实的图像创作中已非常普遍。下面的创意灵感来自希腊神话，将一个普通的女性模特转变成一个未来仿生学女性。

1 应用图层蒙版，用黑色画笔将背景部分涂满，将模特从背景中分离出来，将该图层命名为"身体"。

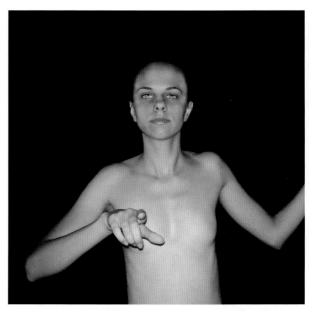

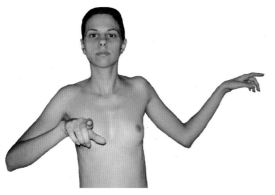

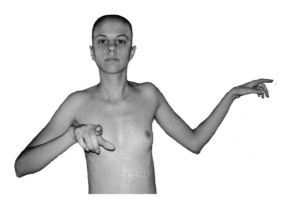

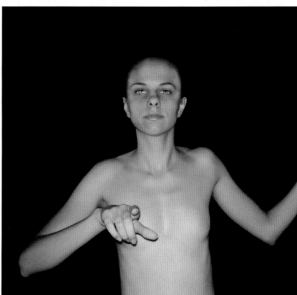

2 移除头发、刺骨和不完美部分。首先用取自脸部其他部分的干净皮肤将其覆盖，然后用"修复画笔"（Healing Brush）工具混合边缘。用"加深"（Burn）和"减淡"（Dodge）工具修改阴影底纹。

3 在"身体"图层上用"涂抹"（Smudge）工具〔"力度"（Strength）：10%～12%〕，使皮肤显得光滑，并去除纹理。用"减淡"（Dodge）工具使模特眼睛的虹膜变白。调整"亮度/对比度"（Brightness/Contrast）和"色彩平衡"（Color Balance），使皮肤显得不自然。

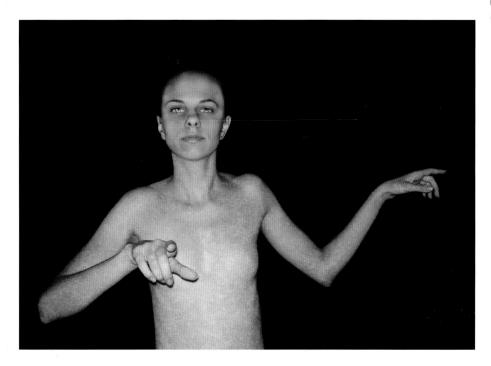

4 将金属纹理粘贴到新图层，用 "修复画笔" (Healing Brush) 工具将白色斑点移除，然后将该图层复制若干次，移动拷贝，直至将整个身体（除了头部）覆盖。将所有的纹理图层压缩至一个，并将混合模式设为 "叠加" (Overlay)、"不透明性" (Opacity) 为50%。

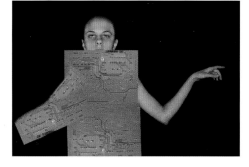

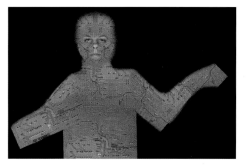

5 在新图层上复制一个芯片板，命名为 "芯片"，去色，并将混合模式设为 "柔光" (Soft Light)，"不透明性" (Opacity) 设为100%。旋转图案部分，使得电子元素更自然地通过身体，把脸部纹理放在另外图层上，并命名为 "芯片脸"。

电子水母

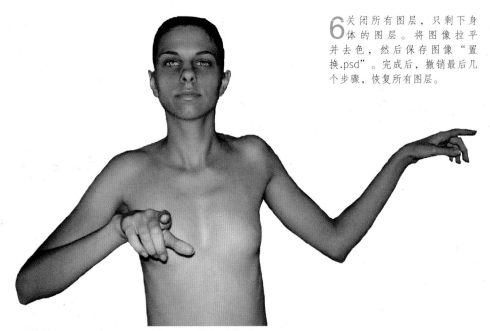

6 关闭所有图层，只剩下身体的图层。将图像拉平并去色，然后保存图像"置换.psd"。完成后，撤销最后几个步骤，恢复所有图层。

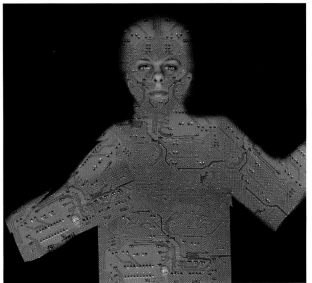

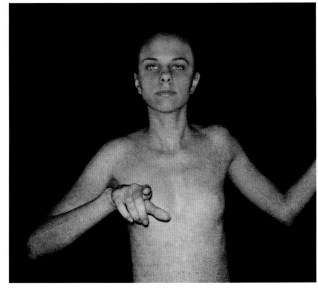

7 选中芯片图层，点击"滤镜"（Filter）＞"扭曲"（Distort）＞"置换"（Displace），并作以下设置："水平缩放"（Horizontal Scale）：10%；"垂直缩放"（Vertical Scale）：10%；"伸展"（Stretch to Fit）；"折回"（Wrap）。存档时选择"替换.psd"。在芯片脸图层重复该步骤，将缩放改为5%。

8 确保仅在身体部分应用该纹理。按Ctrl/Cmd+点击图层面板创建一个选区。将这个选区的图层面板应用到所有的纹理图层上。

10 从一幅图像上剪下金属图案，粘贴到你的文件上——这些"电线插头"用来连接光缆和头皮。改变每个插头的大小、角度和位置，用"加深"（Burn）和"减淡"（Dodge）工具将其变深。

9 使用画笔工具在一个独立的图层画一些光缆。在"路径"（Paths）调色板上，按右键/Ctrl+工作路径，选择"全路径"（Fill Path）。在图层上应用"斜面和浮雕"（Bevel and Emboss），然后将它拉平。建立几个独立的头发图层，转至光缆边缘，用"加深"（Burn）工具使它们显得更加真实且略旧一些。然后遮盖头皮，假想一个光源，并创建阴影。

电子水母

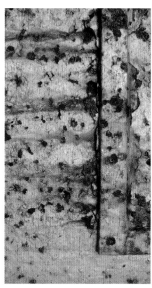

11 打开渔网的图像，去色并增加对比度。进入"编辑"（Edit）>"定义画笔"（Define Brush），并命名为"渔网"。用这个画笔在白色图案上制作出另一个头发的图层。将混合模式设置为"柔光"（Soft Light）、"不透明性"（Opacity）为50％。

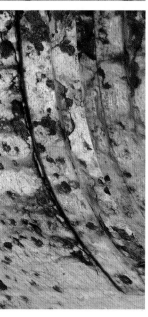

12 打开生锈的金属图像，用"滤镜"（Filter）>"扭曲"（Distort）>"切变"（Shear）制作一条曲线。从上面切下狭窄的曲线，粘贴到你工作的文件上，用作人体的肋骨。

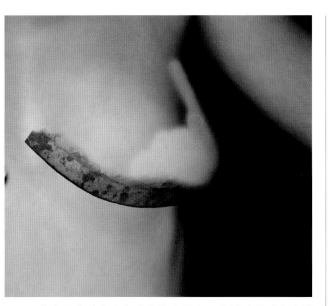

13 将金属部分和未完成的部分混合，必要时用"克隆图章"（Clone Stamp）工具填补空隙，修理身体部分。复制肋骨图层，完成三组肋骨的制作。

15 从背景中剪切该机械，将它粘贴在身体图层下面。重新设置其大小，调整"色彩平衡"（Color Balance），用"加深"（Burn）工具加深颜色。重复复制该图层，移动并获得比较复杂的机械效果。用图层蒙版删除不需要的部分。

14 复制指甲图像，放置在每对肋骨中间。加深肋骨下面的皮肤，产生阴影效果。

16 创建"背景"图层，涂成浅棕色，然后用深色画笔涂满，或者使用"云彩"（Clouds）滤镜，使之产生自然的外表。在其上面的图层粘贴墙的纹理，将混合模式设为"叠加"（Overlay），调整"对比度"（Contrast）和"饱和度"（Saturation）。

电子水母

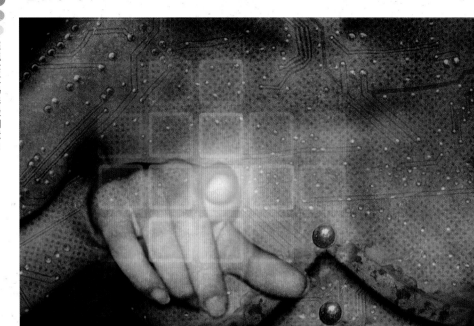

17 画一个白色的矩形，将混合模式设为"多层复合"（Multiply），设置如下："描边"（Stroke）：9px，黄色光；"内发光"（Inner Glow）：白色；"外发光"（Outer Glow）：黄色光。将该图层复制若干次，形成一个键盘，降低每个图层的不透明性。将所有主要的图层置入一个图层，命名为"键盘"。

18 复制键盘图层的设置，移动拷贝到左手边上，改变透视使之得当。用"减淡"（Dodge）工具给手指指尖上色，使之反射出键盘的光。在按键和眼睛处添加更多的光，并在它们上面的图层使用淡黄色的画笔。

19 在顶部创建一个新的图层，用橄榄色填涂，将混合模式设为"色彩"（Color），"不透明性"（Opacity）设为36%，这将使图像颜色统一。最后检查画面是否有突兀之处，如果有的话，使用图层蒙版将其混合。

最终图像

从最初的人类形象到
这个超现实的水母形象，
其过程颇费周折。但通过
创建简单的背景，的确能
使意象得到融合统一。

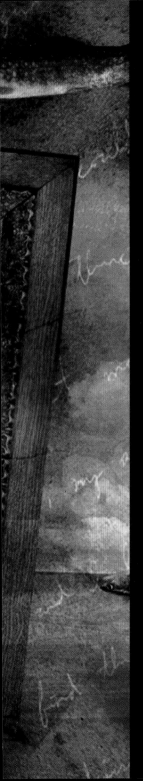

在该领域，显著的创新体现在由创建单独的超现实图像和生物，发展到建立完整的超现实场景。后者可以是精细、奇怪的风景画，或者可供在美术馆展出的完整的艺术作品。为了能够成功地合成景物，在创建一个场景时，最重要的是从一开始就要对所有要素的合成作一个细致的规划。其结果正如你将见到的那样——棒极了！

场　景

入侵者

超现实数码影像创意2

安东尼·冯格雷迪斯摄制

从图像中提取一个元素再贴到其他图像上，这样做往往会收到娱乐效果。但是，你如果尝试使用photoshop工具，有时会得到一个将各元素合成的逼真图像，其结果会远远超过你的预期。

1 让我们从一张布满许多高楼大厦的城市街道的图像开始。我们计划在城市背景中添加一些来自其他图像的元素（该例是巨型昆虫），因此有必要改变图像的颜色和感觉。应用"画笔描边"（Brush Stroke）滤镜并使用一些混合技巧及颜色调整。首先复制整个城市场景图层，在上面图层应用photoshop的"强化边缘"（Accented Edges）滤镜。按"滤镜"（Filter）>"画笔描边"（Brush Strokes）>"强化边缘"（Accented Edgfes），将"宽度"（Width）和"平滑度"（Smoothness）设为1、"边缘亮度"（Edge Brightness）设为18。之后立即按"编辑"（Edit）>"渐隐强化边缘"（Fade Accented Edges）。将"不透明性"（Opacity）保持为100%，将"模式"（Mode）设为"线性减淡"（Linear Dodge）。

2 将顶部的城市图层的混合模式改变为"硬光"（Hard Light）。然后在底部的城市图层上添加一个反向调节图层。最后，在顶部图层上添加一个"色相/饱和度"（Hue/Saturation）图层。将全图的"饱和度"（Saturation）降低到—30、"明度"（Lightness）增加至+15。

3 这是一个较难的步骤。我们有两张螳螂的图像，作为入侵的外来物种。螳螂的移动需要对其图像做艰苦的选择。最好的方法是使用"快速蒙版"（Quick Mask）工具（位于工具栏底部）。最好用输入工具，例如绘图板等处理此类复杂步骤，而不是用鼠标，但两者都需要一定的耐心。一旦昆虫选择完毕，将其复制粘贴到各自图层上；将小的昆虫1粘贴到顶部图层，将大的昆虫2粘贴到下面的图层。使用"编辑"（Edit）>"变换"（Transform）>"比例和编辑"（Scale and Edit）>"变换"（Transform）>"旋转"（Totate），调整昆虫在建筑缝隙中的位置，使它们之间尺寸相当，彼此协调。

4 随后，我们要对昆虫的图层进行润色，使其与城市背景相协调。第一步是添加一个图层，修复昆虫的触角。复制一个好的触角，用"比例和旋转"（Scale and Rotate）功能将其排列在断裂的触角顶端。接下来，改进从建筑物中出来的昆虫的状态，对两个昆虫都添加一个图层蒙版，将位于它们前面的建筑物的部分遮住。

6 在整个图像上添加一个"亮度/对比度"(Brightness/Contrast)调节图层,以消除退色的效果。将"亮度"(Brightness)设置为—40、"对比度"(Contrast)设为+20。这有助于加强图像的细节效果,增强昆虫的外观形象。

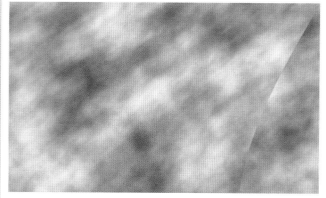

5 由于颜色和底纹的作用,使两只昆虫似乎与城市街道显得格格不入(我知道,巨型昆虫本来就不属于城市街道,但是你知道我指的是什么)。下面的任务就是对它们作相应的调整,使它们和城市的冲突显得比较自然。对较小的昆虫1,需要添加"色相/饱和度"(Hue/Saturation)调整图层。在制作过程中要确保勾选"使用先前图层"(Use Previous Layer)方框去"创建剪贴蒙版"(Clipping Mask)。调节颜色滑板,使昆虫的颜色与周围的建筑物匹配〔"色相"(Hue):+135,"饱和度"(Saturation):—50,"明度"(Lightness):+30〕。为了对昆虫1添加更多的流行元素,我们也可以添加"亮度/对比度"(Brightness/Contrast)调节图层,将亮度设为+15、对比度设为+30。对于昆虫2,需要添加一个"色相/饱和度"(Hue/Saturation)调节图层,以及在昆虫1中所做的相应设置。对昆虫2,不需要进行亮度或对比度调节。

7 现在再加入一些飘浮的云烟景象。最好的方法是使用"云彩"(Cloud)滤镜。选择工具条中的色彩调板。将前景颜色设为白色,背景色为深灰色。这些颜色将用于渲染云彩。在图像顶部创建一个新的图层。然后按"滤镜"(Filter)>"渲染"(Render)>"分层云彩"(Clouds)。滤镜将在整个图层上填上云彩。为了取得更逼真的云烟效果,按"滤镜"(Filter)>"扭曲"(Distort)>"切变"(Shear),将会出现一个带有曲线和"切变线"的方框,用以扭曲图层。点击切变线的中点,将其拖至离左侧边缘一半的距离。云彩的扭曲将显现出飘浮的云烟效果。

入侵者

超现实数码影像创意2

8 我们要在云烟的图层上创建一个蒙版。因为城市的天空背景是和整个图像比较协调的白色，我们可以使用"魔棒"（Magic Wand）工具。首先隐藏图层，将"魔棒"（Magic Wand）容差值定为5，选择"消除锯齿"（Anti-Alias）、"临边"（contiguous）和"应用全部图层"（Use All Layer）方框。在点击白色天空中的"魔棒"（Magic Wand）时，必须选择我们需要使之显现的烟的大部分区域。点击飘浮的烟图层，使之可见，然后点击"添加图层蒙版"（Add Layer Mask），这将用选中的天空区域在烟图层创建新的图层蒙版。点击新的图层蒙版，用"画笔"（Brush）工具调整所选的区域，使观众的视野被明显地遮挡。最后，将混合模式设为"多层复合"（Multiply）。

10 在图像上面再添加一个图层。首先，重置工具条上的颜色调板，将前景色设为白色、背景色为黑色。在图像上面建立一个新的图层，应用"云彩"（Clouds）滤镜，混合模式为"加深"（Darken）。然后在新的烟图层上加入图层蒙版。选择蒙版，用渐变工具渐渐用黑色在蒙版区域着色。开始在方框顶部上涂上白色，然后填入黑色，直至图像的中点。蒙版将使新的烟图层适当加深天空的颜色，在建筑物上部添加一些烟雾效果的阴影。

11 最后对颜色的处理是在整个图像上用"可选颜色"（Selective Color）调节图层来完成。随着对颜色作相应的调整，你会觉得图像看上去越来越舒服。你可以用"可选颜色"（Selective Color）令图像获得出色的效果。在该图，作者用了以下设置：

9 添加水平线下燃烧着的火及夹杂了烟的图像，我们在烟的图层上混合某些颜色。在烟图层上置入新图层，使之成为一个剪贴图层。然后用"渐变"（Gradient）工具在新的图层用红棕色的线性带状着色，从图层顶端以全透明开始，使颜色渐渐着色，直到颜色填满水平线的底部（刚好位于远方建筑物的屋顶）。将该颜色图层的混合模式设为"色彩加深"（Color Burn）。

红色：
C：−20/M：+5/Y：+45/：K：0
黄色：
C：−100/M：0/Y：+100/K：0
绿色：
C：0/M：0/Y：0/K：0
蓝绿色：
C：0/M：0/Y：0/K+100
蓝色：
C：+100/M：0/Y：0/K：+40

洋红：
C：0/M：0/Y：0/K：0
白色：
C：−50/M：−30/Y：+40/K：−15
中性色：
C：+5/M：0/Y：0/K：+20
黑色：
C：0/M：0/Y：+60/K：+5

最终图像

　　该场景中的超现实色彩是图像制作成功的原因。将昆虫混合到城市街道需要作一些小小的变动，因为色彩会告诉我们这里发生着神秘的变化。因此，如果图像的颜色自然，画面看上去就显得逼真。

©Anthony VenGraitis

伊甸园之门

 本·古森斯摄制

作为一名艺术指导，在作者的职业生涯中，超现实主义绘画一直是启发其视觉灵感的源泉——现在依然是他的爱好。这幅图像是作者欠他的比利时伙伴勒内·玛格丽特的。

超现实数码影像创意2

1 该图像的原型是一张拍摄于一个室外聚会场所的照片，内容是一堵白墙和一扇红门。这扇门似乎有着吸引人的魅力。原图中的天空是蔚蓝色的，现在用photoshop中的"魔术橡皮擦"（Magic Eraser）工具将它擦掉。

2 在新图层中添加有云彩的天空，并加入横向"运动模糊"（Motion Blur）〔"滤镜"（Filter）>"模糊"（Blur）>"运动模糊"（Motion Blur）〕的效果。将墙的背景图层拖曳到天空图层之上，拉平图像，这样的背景激发作者继续创造一个超现实的图像。

3 该照片摄于布鲁塞尔从1549年开始举办的每年一次例行的露天表演。这里需要将人物从背景中提取出来，与新的背景合成。首先，双击背景图层，使之成为标准图层。选择5-pt强光的"橡皮擦"（Eraser）工具，清除人物周围的景物，连续点击鼠标，在需要的地方画几条直线。

4 一旦从背景中提取人物，便可以用"魔术橡皮擦"（Magic Eraser）工具或者大号画笔的标准"橡皮擦"（Eraser）工具去除背景的其他部分。这时，作者觉得有必要用苹果图像来替换人物的脸。

5 作者拍了一张普通的苹果照片用以替代人物的脸。用步骤3中的方法将苹果图像提取出来，在photoshop中有很多方法可以选择，包括简单的"橡皮擦"（Eraser）工具、复杂的"抽出"（Extract）滤镜以及蒙版的使用。作者喜欢用"橡皮擦"（Eraser）和专业的插入程序Maskpro来处理比较难的操作。

6 一旦苹果从背景中取出，将它添加到"人物"图像的新图层中。使用"变换"（Transform）工具〔"编辑"（Edit）>"变换"（Transform）或Ctrl+Cmd+T〕可以变换苹果的大小，使之与人物的脸匹配。

8 当人物/苹果的图像完成之后，将它作为新的图层添加到墙的图像中。用"变换"（Transform）工具〔"编辑"（Edit）>"变换"（Transform）或者Ctrl/Cmd+T〕将人物缩小到一个合适的比例，用"移动"（Move）工具将它移到合适的位置。

7 删掉苹果的某些部分，使之能够放置在帽子下面，用"加深"（Burn）工具使某些部分变深以显得真实。在发际下及苹果的右侧添加阴影。在此操作过程中，苹果图层被锁住，否则会影响下面的人物图层。

9 使用"容差值"（Tolerance）为120的"魔棒"（Magic Wand）工具选定一个完整的人物/苹果图像。使用"编辑"（Edit）>"变换"（Transform）命令（或Ctrl/Cmd+T）把选区缩减至合适的大小，用"移动"（Move）工具将它移至门上的合适位置。

伊甸园之门

11 当该选区依然保持激活状态时，用一个矩形的选区创建门前人物脚边的草地。用"克隆图章"（Clone Stamp）工具将主背景上的草复制到人物脚边的选区。随后用"高斯模糊"（Gaussian Blur）滤镜模糊草地，将滤镜的半径调至7像素。

12 最后将"混合"（Blur）工具〔不要与"混合"（Blur）滤镜相混淆〕调至5像素，用来柔化人物的边缘，使它看上去不像是粘贴到背景上的。用"混合"（Blur）工具、"连续点击鼠标"（shift-clicking）画出人物的轮廓并快速覆盖区域。

10 首先保存选区〔"选择"（Select）>"保存选区"（Save Selection）〕，如有需要，可以再次使用。在将选区保持激活状态时，擦掉人物选区后面的门的一部分。随后将第二朵云的天空粘贴到该选区上。

最终图像

这幅精致的超现实图像最

甜蜜的家

本·古森斯摄制

在一所宽敞的房子里，作者看到公园草地上竖立了一座大理石雕塑。他知道，这是一次崭新的创作超现实图像的开始。

1 打开一幅美国布赖斯（Bryce）峡谷国家公园的风景图片。通过photoshop进行浏览，改变其"色阶"（Level）〔"图像"（Image）>"调整"（Adjustments）>"色阶"（Levels）〕以及"色彩平衡"（Color Balance）〔"图像"（Image）>"调整"（Adjustments）>"色彩平衡"（Color Balance）〕。用一支大的软画笔调整"色彩"（Color）模式，将"不透明性"（Opacity）设为较低的10%，对天空添加不同的颜色。

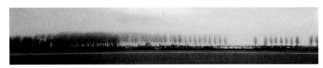

2 在水平线上添加一行树木的图像。将新图层设为"叠加"（Overlay），"不透明性"（Opacity）为100%。用一个又大又软的不透明橡皮擦将部分天空及树木图像的地面逐渐擦去。多次重复这一过程，以取得所需的效果。

3 在新图层上使用"常态"（Normal）模式，用不透明的大号软画笔将薄雾添加到背景上。这并不难，因为作者有若干年传统油漆喷雾画的经验。设置角度为−18°的"动态混合"（Motion Blur）〔"滤镜"（Filter）>"改变"（Blur）>"缩放"（Motion Blur）〕和18像素的"距离"（Distance），并应用到这片白色薄雾上。

4 完成该步骤后，将大理石雕塑从背景中取出，改变其高度，使用"编辑"（Edit）>"变换"（Transform）>"缩放"（Scale），用"移动"（Move）工具将其置于合适的位置，用"加深"（Burn）工具加深底部，锁定手的图层，防止"加深"工具影响到其他图层。

5 接下来的步骤是添加门，该图片摄于法国南部。将它放置到新图层，并拖至雕塑基部的适当位置。改变"色彩平衡"（Color Balance）和"色阶"（Levels）设置，使和手的图像更加融合。手的区域与门相连接的部分使用"加深"（Burn）工具加深，将位于门的底部的手的部分擦除，同时也将手掌部分加深作为阴影，为以下步骤中需添加苹果做好准备。

6 这就是那只苹果，它与本书第118～121页的苹果是同一只。我们要对这只苹果进行处理。作者把苹果从背景中取出，存为单独的文件，并在将它置入主图前把它变成石头。

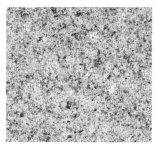

7 作者拍摄了一张大理石的照片，选择后快速切成苹果形状。随后用低设置的"加深"（Burn）工具加深苹果的左侧，就像原先的苹果那样。再调节"减淡"（Dodge）工具降低苹果右侧及顶部的亮度。

甜蜜的家

8 将大理石苹果粘贴到那只手上，缩放后获得良好的效果。然后复制苹果，移到手的右侧。用"加深"（Burn）工具按同样的方法在其下面创建阴影。将阴影也刷成红色，因为它反射了苹果的光。

9 将人物/苹果图像添加到各自图层，缩放后使之与背景融合。在前面，我们已经复制了人物，将它染成黑色，用"高斯混合"（Gaussian Blur）滤镜混合，为人物创设了阴影。最后，应用"变换"（Transform）工具将阴影放置在合适的位置，降低其不透明性，使之与背景融合。

10 所有的工作都准备就绪后，稍稍调节背景的颜色，用低设置的大画笔对右侧角落进一步加深颜色。

最终图像

　　再一次通过超现实的数码
影像合成以及色彩的平衡方法
完成了这幅图像的创作。通过
在手掌和苹果各自图层上的创
作，获得一种逼真的效果。

　　©Ben Goossens

超现实数码影像创意2

守护天使

多蒙·洛姆伯格摄制

《守护天使》是一件实验性作品。作者想用视觉手段解析一些情感状态，用它来传递感觉，一种奇特的超现实环境环绕的感觉。天使代表了一种至高无上的力量，但是尚未成形的翅膀也暗示天使刚刚诞生。匿名的模特也是图像有意思的地方，因为守护天使的身份不能简单地等同于人类。尽管"天使"的脸隐藏起来了，但她始终注视着你。

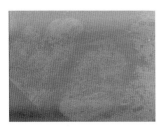

2 打开叠加纹理.psd，拖入图像中，混合模式为"叠加"（Overlay），将"不透明性"（Opacity）保持为100％。

1 打开bg.psd和纹理bg.psd，使这些图形都能在photoshop软件中显示。选择"移动"（Move）工具（快捷键V），点击图像，拖至图中合成。与此同时，按住shift键，以确定新图像的中心。现在把混合模式的"颜色"（Color）和"不透明性"（Opacity）设为40％。

3 适当加深当前图形的某些部分。使用"图层"（Layer）＞"新调节图层"（New Adjustment Layer）＞"色阶"（Levels），然后在第一个"输入色阶"（Input Levels）方框里设定输入值78，点击确定，然后点击图层蒙版，它位于刚创建的新图层的色阶按钮边上的白色方框。用"画笔"（Brush）工具（快捷键B）开始对图层蒙版上色。所有黑色的东西都看不见，白色为不透明区域。创建黑底白点的图层蒙版，这些点会在下面加深图像。

4 是将风景加入合成的时候了。打开云彩.psd文件，拖至图像。将混合模式设为"叠加"（Overlay），不透明性为100%。由于效果不明显，将另一个云彩图层拖到图像，将混合模式设为"亮化"（Lighten）、不透明性为50%。这样，云彩的可见度会明显加强。

5 将饱和度稍降低一些。使用"图层"（Layer）> "新建调节图层"（New Adjustment Layer）> "色相/饱和度"（Hue/Saturation），将"饱和度"（Saturation）调至—50。

6 使用"图层"（Layer）> "新建调节图层"（New Adjustment Layer）> "色彩平衡"（Color Balance），将图像中的阴影设置如下：—5（更多洋红）、+39（更多蓝色）。点击对话框部分底部的"中间影调"（Midtones），将色彩平衡设置为—68（更多青色）、+7（更多绿色）、—100（更多蓝色）。现在点击对话框底部的"高光"（Highlights），将色彩平衡设为+5（更多红色）、—7（更多洋红）、+6（更多蓝色）。点击确定，关闭对话框。这时，你可能已经注意到作者喜欢通过调节图层来处理所有的色彩调节，也意味着下面的像素不会有任何改变。作者可以很方便地重新回到原来的设定并根据自己的爱好对这些设定作个别的调整。这样的确会使文件显得较大，但请相信，这是值得的。

守护天使

7 打开SL—纹理.psd文件,将纹理置于两个调节图层下面。将混合模式调至"柔光"(Soft Light),不透明性为100%。

8 打开主框.psd并拖至图像。将相框如图放置。如果你要获得和作者创作的类似的图像,记住要添加很多元素,因此不要尝试太多的替换。

9 我们在相框周围添加描边。使用"图层"（Layer）＞"图层风格"（Layer Style）＞"描边"（Stroke），选择一个4像素的黑色描边（点击默认的红色选择另外颜色），将"位置"（Position）由"外面"（Outside）改为"居中"（Center），点击确定，关闭对话框。现在用右键点击相框图层，选择菜单中的"创建图层"（Creat Layer）。这将从描边图层风格中创建一个新的图层，便于我们后面的操作。至此，用"橡皮擦"（Eraser）工具（快捷键E）擦去相框里面的边。我们希望使用描边使相框靠天空竖立起来，但随后隐去，就像消失在风景中。使用"图层"（Layer）＞"图层蒙版"（Layer Mask）＞"显示全部"（Reveal All），创建新的图层。用大号软画笔，前景选黑色，从相框的低端部分开始上色。每一笔绘图都会柔和地溶解，产生我们需要的效果。

10 打开女孩.psd，拖至合成。也许你会用自己的照片，但要确保照片有相似的姿势，以免在接下来的几个步骤中出现麻烦。将女孩放入一个组〔"图层"（Layer）＞"组图层"（Group Layers）〕，这样，我们就能在后面体验其透明性。

守护天使

11 在SL纹理图层上创建另一个"色相/饱和度"（Hue/Saturation）调节图层。这次我们使用着色特性。使用"图层"（Layer）＞"新建调节图层"（New Adjustment Layer）＞"色相/饱和度"（Hue/Saturation）。点击"着色"（Colorize）选项，将"饱和度"（Saturation）设为42、"色相"（Hue）设为5，点击确定。将该图层的不透明性减至30％。这会将图像中的所有色调衔接在一起。之后，我们可以改变图像的全部颜色。首先，添加一种纹理。打开SL－颜色－纹理.psd，降低"色相/饱和度"（Hue/Saturation）调节图层上的纹理。将混合模式设为"柔光"（Soft Light）、不透明性为40％。这将产生一些额外零星的颜色和纹理。

12 现在开始作一些较大的改变。创建"选择色彩"（Selective Color）调节图层。运行"图层"（Layer）＞"新建调节图层"（New Adjustment Layer）＞"选择颜色"（Selective Color）。将"红色"（Red）调节为："青色"（Cyan）：－13％；"洋红"（Magenta）：－8％；"黄色"（Yellow）：＋34％；"黑色"（Black）：＋7％。从色彩下拉菜单中选择"黄色"（Yellow），调节为："青色"（Cyan）：＋19％；"红色"（Red）：－7％；"黄色"（Yellow）：＋34％；"黑色"（Black）：－58％。选择"绿色"（Green），调节为："青色"（Cyan）：＋100％；"洋红"（Magenta）：0％；"黄色"（Yellow）：0％；"黑色"（Black）：＋100％。选择中性色，调节为："青色"（Cyan）：－4％；"洋红"（Magenta）：＋1％；"黄色"（Yellow）：＋44％；"黑色"（Black）：10％。最后选择"黑色"（Black），调节为："青色"（Cyan）：0％；"洋红"（Magenta）：－3％；"黄色"（Yellow）：＋3％；"黑色"（Black）：＋6％。

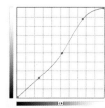

13 现在我们调节曲线。运行"图层"（Layer）>"新建图层"（New Adjustment Layer）>"曲线"（Curves），曲线调节如图所示。这将在阴影区域稍增加对比，在高光区域提高对比。

14 在背景上添加一些纹理。打开手写.psd，将它拖至两个云彩图层之上。将混合模式设为"网屏"（Screen）、不透明性为62％。我们添加一些文字时为图像增加一个签名。打开photoshop中的签名.psd，移至合成，将混合模式设为屏幕、不透明性设为50％。

15 在photoshop中再打开三个纹理文件：vl—纹理.psd、cb—纹理.psd和纹理.psd。将它们都拖至图像中，放置在SL纹理图层下面。将VL纹理设为混合模式："亮光"（Vivid Light）：10％，CB纹理：50％的"色彩加深"（Color Burn），纹理：100％的"柔光"（Soft Light）。我们也在女孩出现的相框里添加图像。打开"图像—在—相框"（image-in-frame.psd），或使用你自己选定的图像，创建新图层。我们依然需要调节颜色，运行"图层"（Layer）>"新建调节图层"（New Adjustment Layer）>"色相/饱和度"（Hue/Saturation）。勾选"着色"（Colorize）方框。将"色相"（Hue）改为70％、"明度"（Lightness）改为—50。做一个套叠的图层，像作者此处所用的，当鼠标在两个图层之间区域移动时按住Alt/option键。当光标改变时，点击该区域，上面的图层只能影响相邻下面的图层。

守护天使

17 现在复制相框，将它置于女孩上面。创建新的图层蒙版。运行"图层"（Layer）＞"图层蒙版"（Layer Mask）＞"显示全部"（Reveal All），然后使用大号画笔以黑色涂画与女孩重叠的顶部区域，不改变底部。

16 在女孩下面创建新图层，用大号软画笔开始描画落在相框里的某些阴影。相框的左侧和手的右侧最上方是重点的部分，因为作者要在这些区域实现明显的三维效果。花时间在相框作进一步的调整，例如对角落的颜色进一步加深。

18 打开翅膀.psd，嵌到女孩的图像上，用"叠加"（Overlay）的混合模式。还记得作者在改变相框的图像颜色时应用的嵌入技术吗？这里可以再次使用。

19 在翅膀图层上建立新的"色相/饱和度"（Hue/Saturation）调节图层。勾选"着色"（Colorize），将"色相"（Hue）设为54、"明度"（Lightness）设为—38，点击确定。将图层蒙版改为黑色，用白色画笔将女孩的一部分涂成绿色。软画笔要比硬画笔好用。记得作者先前创建的女孩.psd这个图层组吗？这就是原因所在。在组上建立新图层蒙版〔"图层"（Layer）>"图层蒙版"（Layer Mask）>"显示全部"（Reveal All）〕，用低透明性（约20％）的软画笔以黑色涂女孩身体的底部，使之慢慢消失。

20 打开图像main—fram—shadow.psd，并拖至所有相框图层下面。你也可以创建自己的版本，复制一个相框图层。锁定透明性（位于混合模式选项下的第一个按键），填上黑色。打开透明性，用高设置的"高斯模糊"（Gaussian Blur）滤镜加深这一效果。再建一个新的图层蒙版〔"图层"（Layer）>"图层蒙版"（Layer Mask）>"显示全部"（Reveal All）〕，用黑色画笔将相框的阴影隐藏。

守护天使

21 打开顶部相框.psd，拖至图像，重复第9步骤中使用过的在相框上创建渐隐的黑色描边。

22 在图像上加入作者的网址，因为作者要在网上展示该作品。作者希望这幅图像一出现就会很显眼。因为你会发现某些人会很快"借用"你的作品，并且占为己有。

23 现在打开small—frame.psd，将它移到合成图像中。为了看起来整洁，同样将它放入自己的图层组。在相框内部填入一点颜色，将混合模式设为70％的"颜色减淡"（Color Dodge）。

24 复制相框并混合。选择"自由变换"（Free Transform），使之看起来像一个阴影。

25 打开fish.psd，把第一条鱼移入合成图像，拖到顶部右边的相框下面，使它显得像从下面出现。创建新的图层，用软黑色画笔画出一些阴影，就像是相框产生的。按Alt/Option键，点击阴影和鱼图层的中间部分，在鱼中嵌入阴影。

守护天使

27 复制鱼,用"自由变换"(Free Transform)工具使之缩小,将其移至小相框,就像恰好经过这里。

28 现在,在鱼后面制作新的图层,用软黑色画笔开始画鱼的阴影。也许你可能会应用主相框阴影的同样技巧(用黑色去填复制的图层并加深)。调节不透明性直至取得你想要的效果,将阴影图层嵌入到包含小相框的图层之中。制作步骤就结束了。到现在为止,作者希望你已经掌握了如下技巧:图层蒙版的使用、嵌入图层、用调节图层改变颜色和发光度等。希望你也掌握了有关合成图像的提示,从一些分离的部分建立完整的图像。

26 复制鱼,用"自由变换"(Free Transform)工具将它摆到主要相框的下面。这里没有必要出现阴影,因为在这之前已制作完毕了。

最终图像

  这一复杂的图像充分利用了photoshop中的图层功能，创作了一幅有深度的、精妙的作品。

  ©Domen Lombergar

漏气的轮胎

帕特里克·布洛姆奎斯特摄制

改变某些我们所熟悉的物体的形状，比如一个圆形轮胎，能够取得意想不到的效果。这种想法可以应用到各种圆形物体上，如气球、橘子、人的头部等。也可以采用其他方法创造一些圆方形的东西。这一技巧应用了photoshop中的"扭曲"（warp）工具。用扭曲工具把圆形变成方形是很简单的。先选择圆形物体，然后应用"变换"（Transform）>"扭曲"（Warp）>"膨胀"（Inflate）〔弯曲度（Bend）设为100〕。既然这种方法在本例中的破坏性不大，所以，作者仍会使用"扭曲"（Warp）工具和"污痕"（Smudge）工具创建一个方形轮胎。

1 确定做一个轮胎的选区，将之复制并粘贴到新图层。建议将它当做备用品操作，目的是在必要时使用。

2 首先，做一个笔直的边框，然后拉直橡胶，选择"污痕"（Smudge）工具，将画笔大小设为30像素。按住Shift键为橡胶绘画，注意某些角落——可能会在这部分使用小号画笔。

3 污痕工具对纹理的破坏性较强，要对铝轮毂添加某些动态处理，重建纹理。应用"滤镜"（Filter）>"纹理"（Texture）>"压纹"（Grain），选择"扩大"（Enlarged）设置。此后淡化，运行"编辑"（Edit）>"退色压纹"（Fade Grain），将不透明性设为50%，"模式"（Mode）为"柔光"（Soft Light）。

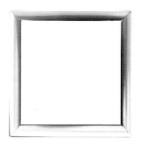

4 为了使边框看上去显得更有三维感，点击图层调板底部"添加图层风格"（Add a Layer Style）按钮。选择"外光"（Outer Glow）。在参考对话方框中将混合模式设为"多层复合"（Multiply），用黑色，将"不透明性"（Opacity）设为75%、"大小"（Size）为13像素。

5 从原图复制rim的内侧部分。"画笔"（Pen）工具和其Bezier曲线可能较难调节，稍稍练习以后会收到较好的效果。将矩形框和内部进行合并。要用"克隆图章"（Clone Stamp）和"修复画笔"（Healing Brush）工具将两者混合。最后从边框里将外光去除。

7 要使矩形轮胎的拐角看上去不是太硬，你要做得十分仔细，才能收到较好的效果。选一截橡胶，粘贴到其他图层。复制并旋转小的部分，重复这个过程，直至产生有曲线的拐角。需要克隆，将其内部着色，显得真实。通过复制、旋转，将拐角置于合适的位置。有4个面4个拐角分布在8个不同的图层上，将其合成，用"修复画笔"（Healing Brush）将轮胎无缝连接。因为"扭曲"（Warp）工具有一定的破坏性，所以要用"遮色片锐化调整"（Unsharp Mask）进行柔化。运用"滤镜"（Filter）>"锐化"（Sharpen）>"遮色片锐利化"（Unsharp Mask）调整，设置如下："数量"（Amount）：74%，"半径"（Radius）：2.5像素，"极限"（Threshold）：9级。

6 将橡胶拉直，如图所示，选取橡胶的一截，将它粘贴到新的图层。运行"编辑"（Edit）>"变换"（Transform）>"扭曲"（Warp）。在选用工具条的下拉菜单选Arc。在混合方框中输入数值—41.8%。你可以通过补偿"膨胀"（Bulge）选项和尝试改变"混合"（Bend）百分比，使轮胎的拉直更明显。完成后，复制轮胎拉直的部分，将其复制到边框的四个边上。稍挤压底部，以显示承受汽车重量的效果。

8 运用"图层"（Layer）>"新"（New）>"新建图层"（Layer），勾选"使用前面图层创建剪辑蒙版"（Use Previous Layer to Create Clipping Mask）方框，将"不透明性"（Opacity）设为35%、Mode（模式）为"柔光"（Soft Light），点击确定。在该图层上用宽的35像素的软边缘白色画笔着上一些亮光。用同样的方式创建另一个图层，将"不透明性"（Opacity）设为35%、"模式"（Mode）为"多层复合"（Multiply）。用宽黑色画笔涂些阴影，也可以复制一部分轮胎，使之看上去重复性不太明显。

漏气的轮胎

9 如果启动新建的橡胶轮胎和边缘图层，仍然会看到轮胎下原先的痕迹。将原先汽车的图层复制，去掉原先的轮胎。从汽车后面再添加路面的图像。之后，添加另一个图层，将车胎后面的阴影漆成黑色，使用"颜色拾取器"（Color Picker），从车胎后获取合适的黑色相框。

10 现在新胎仍然与汽车分离，但合成其实比较简单。在上面添加图层蒙版，用150像素的宽画笔去掉不需要的部分。

12 最后，我们在轮胎上要添加一个新的logo，应用图层风格"斜角与雕塑"（Bevel and Emboss），设置如下："风格"（Style）："斜角"（Inner Bevel）；"技术"（Technique）："光滑"（Smooth）；"深度"（Depth）:100%；"方向"（Direction）："向上"（Up）；"大小"（Size）:5像素；"软度"（Soften）:0像素；"角度"（Angle）:45°；勾选"使用全局光"（Use Global Light）；"高度"（Altitude）:48°；"光泽等高线"（Gloss Contour）："默认"（Default），勾去"抗锯齿"（Anti-alased）；"高光模式"（Highlight Mode）："网屏"（Screen），"不透明性"（Opacity）:17%；"阴影模式"（Shadow Mode）："多层复合"（Multiply），"不透明性"（Opacity）:54%。确保使高光和阴影设置与轮胎匹配。从原图像中复制轮胎的数值，应用到铝轮毂上。

11 新轮子现在浮在空中，需要一些阴影效果使之与地面融合。用宽的100像素软边的黑色画笔对新图层着色，不透明性设为35%，混合模式为"多层复合"（Multiply）。如果阴影太生硬，则使用"高斯混合"（Gaussian Blur）工具。如果在不同的图层上画阴影，就能很方便地移动或改变它们，得到所需要的效果。

最终图像

    这幅作品的创作理念很简单——创建
一只矩形的轮胎。只要关注细节，最终的
结果会具有较高的可信度。

    ©Patrik Blomqvist

美国玫瑰

托马斯·斯皮尔摄制

制作纹理绘画是改变物体"物质性"的一个相对简单的过程，但在尝试对物体的轮廓做复杂图案时，却会有所不同。这个过程需要有很好的眼力和耐心，最终结果也很有成就感。

2 通过"图层"（Layer）调色板上的背景图像复制基础图像。点击图层特征，将其命名为"黄玫瑰"。将黄玫瑰从其余图像中分离出来，使用自己最擅长的选择方式。因为要处理的区域相对较小，作者喜欢将图像放大到200％。用"多边形套索"（Polygonal Lasso）工具小心地勾画出花的边缘。一旦需要处理黄玫瑰，只要复制，就可以将其粘贴到新的图层上。

1 首先选择一朵合适的鲜花，这朵花应该色彩明亮、花瓣干净而且要有足够的表面区域，以便在上面绘制国旗图案。这朵黄玫瑰是个不错的选择。此外，它能很好地与背景分离，从而增强最终的对比效果。

3 要用灰度渐变图将黄玫瑰图层去色，得到可以在上面画国旗图案的白色花。应用"图像"（Image）>"调整"（Adjustments）>"渐变图"（Gradient），选择下拉菜单的"灰度"（Grayscale）选项。

4 现在获取了一个花瓣表面，可以在上面画星星和条纹。因为星星需要蓝色的背景，选择花的"中心"部分，创建蓝色的图层。选择多少内花瓣没有关系，需要注意的是，要为条纹留有足够的外花瓣。此外，放大图像，使用"套索"（Lasso）工具创建蓝色的花瓣蒙版。一旦蒙版勾画出来，即创建新的图层，命名为"蓝蒙版"。将所选区域着色成蓝色（十六进制的色值000099）。不用担心立体形状，可以在以后混合图层。

5 接下来创建一个新的图层，命名为"条纹蒙版"。在花瓣上布置红色条纹。如果有绘图板和铅笔，这将变得更简单，否则将图像扩大，置入白玫瑰中心，用"多边形套索"（Polygonal Lasso）工具绘制前面设置的条纹。

美国玫瑰

7 这里，要对玫瑰增加对比色。选择条纹图层蒙版，将混合模式改为"多层复合"（Multiply），将"不透明性"（Opactiy）设为80％。接下来选择蓝色蒙版图层，操作同上。

6 某些自然的物体完美有序，条纹也不例外。要使它们排列有序，尽可能符合花瓣的轮廓，当然要适当保持自然的不完美性。当修饰每个条纹时，用红色（十六进制色值CC0000）着色。这需要一些耐心，可以每次修饰一个花瓣的条纹，注意折回去或相互叠加的花瓣的曲线表面。

8 打开Star Field-small.gif文件，将图像图层拖曳至你的玫瑰图层后面。将其重命名为"星星原野"（Star Field）。现在顺时针旋转该图像，使得星星能够大致与蓝花图层的表面排成行。在下面的步骤中，我们将在蓝色玫瑰的花瓣上复制"星星原野"。

9 选择星星图层，将不透明性降至50%。用"移动"（Move）工具移动该图层，使之完全覆盖玫瑰的部分。将星星的位置摆放恰当，使一些星星与花的部分蓝色边缘相重叠，如图所示。

10 在星星放置完毕后，按住Ctrl/Cmd键，点击蓝色蒙版图层，获取蓝色玫瑰部分的快速蒙版。再次选择星星图层，按住Ctrl/Cmd+Shift+I，翻转该蒙版，然后按取消键。最后得到星星的一部分，与蓝色玫瑰的大小保持一致，并将边缘的星星都去除。

11 选择星星图层，改变混合模式为"亮度"（Luminosity），不透明性保持在50%。

美国玫瑰

12 星星图案很好看，但略显程式化，不够自然，需要作一些调整。将图像放大至200％，置于蓝色星星图案中间，将"不透明性"（Opactiy）保持在50％。能看到花瓣边缘与星星重叠的地方。如果想修整得更完美，应使一些星星位于花瓣前面，一些位于花瓣后面，确保有先前使用过的蓝色（十六位进制色值000099），用"画笔"（Brush）工具（大小为9）小心对那些与其他花瓣相叠的花瓣上的星星的各个部分着色。

13 选择在第二步中用过的复制图层，将图层扩大至100％，将其放在玫瑰右侧较低部分的中心。应该注意到有一些原先玫瑰花黄色的反光。按住Ctrl/Cmd键，点击先设好的玫瑰图层蒙版，再按住Ctrl+shift+I，翻转它。选择"海绵"（Sponge）工具，用100号的渗化笔进行处理〔"模式"（Mode）："去色"（Desaturate），"流量"（Flow）：100％〕。用该工具小心地将存有的黄色吸出（如果不奏效，在蒙版不翻转状态下再试）。

14 现在万事俱备，但花依然显得单调。选择渗化"画笔"（Brush）工具（大小为45），不透明性为10％。将调色板改为黑色，在星星图案上创建新的图层，命名为"阴影"。沿着花瓣的折痕对灰色阴影着色，显示层次。在星星叠加到玫瑰的部分如法炮制。

15 将星星图层的不透明性调至75%，将条纹图层的不透明性改为100%。

16 将图像缩小到25%，得到扭曲变化最小的整个玫瑰。在阴影图层上创建新的图层，命名为"最终玫瑰"。选择新的图层，按住Alt/Option键，选择图层菜单中的"合并可见"（Merge Visible），便出现所有单独"图层"（Layers）的合成图像。

17 使用刚合成的图层，调节色阶，增加阴影，使颜色显得更深些。

美国玫瑰

18 选择最终玫瑰图层，按Ctrl/Cmd键，点击最先创建的玫瑰蒙版图层，使调节只对花朵部分起作用，而不是茎和叶。选择花朵部分，将"饱和度"（Saturation）设为—15。星星看上去很好，但是还要给它们安排更好的视角。用"液化"（Liquify）工具有选择地加大对比，拉大星星的部分，使它们显得与玫瑰花瓣表面处于同一个视角。选择星星图层，将图像拉大到200％，用"矩形选框"（Rectangular Marquee）工具在玫瑰的蓝色星星部分创建一个框架。应用"滤镜"（Filter）>"液化"（Liquify），图像会在另一个新窗口打开，用"膨胀"（Bloat）工具使与你距离最近的星星显得较大，而距离最远（花的深处）部分用"折叠"（Pucker）工具使之显得较小。将"画笔大小"（Brush Size）设为17、"画笔压力"（Brush Pressure）为75，根据需要稍稍扭曲星星。

19 对亮度和对比度稍作调整，使颜色显得较锐利并具生活特征。应用"图像"（Image）>"调整"（Adjustments）>"亮度/对比度"（Brightness/Contrast），在最终对话框中将"亮度"（Brightness）调至—10，将"对比度"（Contrast）调至10。

20 注意玫瑰花瓣上的水珠。我们已经改变了花的颜色，以突出水珠的效果。把放大率设置在100％，将观赏者的注意力集中在花朵的中心部分。用"矩形选框"（Rectangular Marquee）工具按住shift键，并在每个水珠边上画方框。应用"滤镜"（Filter）>"液化"（Liquify），用膨胀工具〔"画笔大小"（Brush Size）为40〕，将每滴水珠稍稍膨胀。这样，当水珠落在花瓣上时，引人注目的条纹会呈轻度的弯曲状。

最终图像

　　创作是成功的，这朵玫瑰就像是刚从花园里采摘下来一
样。这里的水珠为美国玫瑰增添了新鲜感。

©Thomas Speer

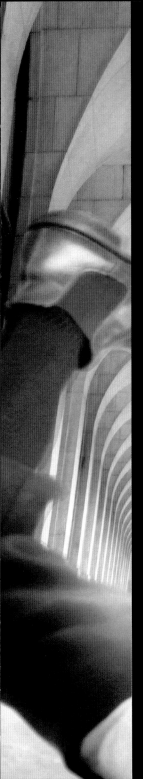

如果你熟悉photoshop，便能制作出任何超现实的影像，并使人耳目一新。有很多例子可以说明，要制作超现实数码影像，在影室里拍摄原始照片也很重要。就像左边这幅图像，如果没有前期在影室所拍摄的模特照片，该图像就不可能存在。

影室摄影

超现实数码影像创意 2

坠落中的男人

安德鲁·布鲁克斯摄制

作者尝试在一张照片上创作逼真的超现实数码图像。图像的三个构成要素——背景、人物、公文包，是分别从20多张照片里挑选出来的。

1 首先，要创建一个逼真的背景，用"克隆和补缀"（Clone and Patch）工具将不需要的内容（如墙上的记号）去掉。作者想获得宽屏的影院屏幕效果，因此用1970像素将图像剪切至5000。在新的剪切框内用"移动"（Move）工具定位背景图像。用"矩形选框"（Rectangular Marquee）工具选择图像的上半部分，然后使用"编辑"（Edit）＞"变换"（Transform）工具。现在图像可以弯曲，并拉升到你期待的效果。

提示

在移动变换手柄建立背景时，应使顶部线条与教堂入口的大门罩保持平行。这会使所选底部与未选区域完全融合，留有更多的空间以供重新造型和弯曲图像。这一技巧能增强超现实的感觉。也可以用来填充剪切后左边和右边的区域。如果边 依然没有填满，在改变图像后可以用"补缀和克隆"（Patch and Clone）工具填充。

2 需要创建一个隐身人，以完成接下来所需的图像要素。选择多张照片中较好的部分，将它们合成以取得比绘画更具震撼力的版本。这些在环境光与闪光混合情况下拍摄的照片，能给图像增添一些动态模糊效果。所有的照片在拍摄时，右侧都有一盏柔光灯，它与背景图像上照射拱门的泛光灯相配合。

3 用"套索"（Lasso）工具从Right Foot.tif.中选一条腿的选区，将它复制粘贴到best-body.tif图像上。改变并定位这个Right Foot.tif的选区，使之与身体完美配合。其不透明性为50%，能清楚看见两幅图像间的连接部分。完成后，将这图层不透明性调回到100%。在腿的图层上创建图层蒙版。在这图层蒙版上，用黑色画笔将不需要的部分去掉，用白色画笔对需要的内容着色。对某些重要的部分（如腿与身体连接部分），使用羽化套索〔Feather Radius（羽化半径）为0.8像素〕，以获得一个模糊的边线，在另一条腿上重复相同的操作。

5 现在用"套索"（Lasso）工具将隐身人从背景中分离出来。可以通过复制粘贴在原背景图像上建一个分离的图层。将其不透明性降至50％，用"移动"（Move）工具旋转，并把人物放在合适的位置。

4 接下来创建隐身人图像，即西服内侧。首先，从shirt.tif中复制粘贴新的衣领，将其置入合适位置。然后，用"套索"（Lasso）工具〔"羽化半径"（Feather Radius）为1.0像素〕选择衬衫的内部。用大号画笔（大约为100像素）画衬衫里的阴影。画笔不透明性为40％。创建一个渐变的阴影部分，边缘部分较亮。为了取得这种效果，用"吸管"（Eyedropper）工具从西服中选取棕色和黑色，并用同样的技巧制作衬衫袖口。以西服和衬衫的部分为例，使用"补缀"（Patch）工具在领子和袖口上添加纹理。图像现在还较简单，用"克隆和补缀"（Clone and Patch）工具可美化图片，并消除西服上的豁口或重叠的部分。

6 合成图像的第三个要素是公文包，它由公文包和包里的物品组成。如上所述，将脚和肘添加到身体中的方式一样，将Case Content.tif文件中的内容拖至Case.tif文件中。拉平这个图像，小心用"套索"工具在其周围创建一个选区。将前面用于西服的同样技巧在原背景图像上复制粘贴，并放在合适的位置上。

坠落中的男人

7 现在所有的图像已经准备就绪，可以开始添加运动模糊、阴影和镜头光晕滤镜效果，以增加照片的真实性。如果想在公文包添加运动模糊效果，就必须复制公文包图层，将其置于原来公文包图层下面，关闭这一复制的图层，并前置，位于原位置的左边。将新图层的不透明性降至30％，这样就使图像显得诡异并增加了动态的感觉。在隐身人的身体图层上采用同样的操作。

8 公文包和坠落的身体的边缘可能显得太锐化了。柔化这些边缘，为此创建图层蒙版，按Ctrl/Cmd键，点击图层（Layer）调板的图像缩略图，会出现"选择图层透明"（Select Layer Transparency）选项。这使你在选择该图层时能掌握其所有的信息。翻转该图层，用5像素的半径羽化，用30％不透明性的黑色画笔淡化边缘，柔化该选区，直至其显得自然。

9 增加图像的真实性，把所有的要素组合起来，并在图像的最明亮的区域创建小的光晕。在图像最亮的区域创建新的顶部图层，用软画笔（大约300像素）在走廊的尽头以及你能看到天空的右侧着上同样的纯白色。降低该图层的不透明性，直至它渐渐产生光晕。这会把dropped in组合起来的要素和背景叠加，增强其图像的整体性。

10 创建阴影并添加到公文包和透明人的前面空地，从Background Half StopDrak.tif复制粘贴一个地板的选区。将公文包和西服图层下面的包含这个选区的图层进行移动，使之与阴影相匹配，面积要足够大。创建图层蒙版，用黑色画笔（大约400像素）对阴影着色，使

之显得自然。在袖子触地的部分建立一个更精确的阴影，用原先的背景图层组合新的阴影图层。选择袖子周围的小区域，进行羽化，"半径"（Radius）为40像素。用"色调曲线"（Curves）加深阴影。现在所有的要素都已具备，可以保存图像，然后将图像拉平。

11 在拉平的图像上，可做更多羽化的选区，以获得高光和阴影，并增加图像的真实性。例如，在公文包上设定一个选区，打上亮光，使走廊的尽头在公文包上产生反光。控制这些高光和阴影区域，用调节图层使图像显得更自然。

坠落中的男人

12 一旦图像看上去显得真实，并具有整体感，便可以在照片上营造一些气氛。给画面添加深棕色，选择"色相/饱和度"（Hue/Saturation），再点击"着色"（Colorize），"色相"（Hue）40，"饱和度"（Saturation）29。给图像添加棕色。立刻使用"编辑"（Edit）>"消退色相/饱和度"（Fade Hue/Saturation），数值为40%，创建图像色彩，使棕色变得强烈，但依然保持原色彩。

13 为了使整幅图像显得更加倾斜，使用"选择全部"（Select All）改变图像，按住Ctrl/Cmd键，拉伸角落。

14 最后，用"色调曲线"（Curves）工具在图像上添加对比度，使黑暗处更暗，使图像更具绘画感。

最终图像

在所有影室拍摄及创作中，最重要
的是事先要做好规划，寻求你所需要的
最终效果并对模特进行相应的设计。如
果所有的创作都按计划实施，你会对使
用photoshop完成的合成作品及其效果感
到惊叹不已。

©Andrew Brooks

再见，蚯蚓

 马戈·康·奈特摄制

这幅图像是系列作品《女孩最好的朋友》之一。只要你有photoshop或合适的照相机，几乎所有的动物都能成为理想的宠物。

1 第一步是创作一条巨型的虫，用缝纫机将有弹性的棕色织物、棉絮、金属丝和泡沫聚苯乙烯等物填充成虫子形状。

2 再用Photoshop中的虫道具帮助组合图像。

3 制作真实的Photoshop合成图像的一个关键是要在同样的光照条件下拍摄所有的物体。我在拍摄了虫道具之后又拍了几条活的蚯蚓。在同样的光照下，我用微距镜头拍摄了蚯蚓的微距照片。

5 把蚯蚓添加到背景图像前，在主图上擦净所有的细节。例如，作者去掉了女孩衣服上的一些杂质、柜子上的渍迹和乱发等。创建新的"表面"图层，用"克隆"（Clone）工具〔选择"应用所有图层"（Use All Layers）〕，将掩盖物从背景中分离出来。如果做错了，背景图层文件依然可以保存完好。

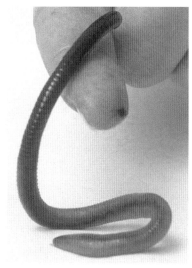

4 微距镜头的景深很浅，很难同时将蚯蚓的头和尾拍清楚。如果在触摸蚯蚓前把手蘸上冰水，它们会减少蠕动。

6 作者将橱窗玻璃进行复制并粘贴，以覆盖影室灯光的眩光。用"多边形套索"（Polygonal Lasso）工具选择闪光的周围区域。将选区移到没有眩光的橱窗旁的柜子上，然后进行复制。移动复制的部分片段，以覆盖眩光，抹去边缘，用一个大而软的"橡皮擦"（Eraser）使之融合。

再见，蚯蚓

超现实数码影像创意2

7 将蚯蚓拖至背景文件，围绕其做一个选区，使之与背景分离。应用"多边形套索"（Polygonal Lasso）工具将图像放大，仔细操作，然后将该选区保存并稍加羽化。

8 用图层蒙版隐藏蚯蚓周围的背景。选择蚯蚓图层，你能够通过点击"图层"（Layer）调色板底部的"添加图层蒙版"（Add Layer Mask）按钮进行轻松处理。

9 现在我们看到道具虫从蚯蚓后面的某部分显露出来。对较大的地方进行掩饰，选择、复制并粘贴背景区域，以隐藏道具虫。将粘贴部分的边缘用橡皮擦去除，使之融合。

10 蚯蚓和地板接触部分的阴影是最难制作的部分。创作一个真实可信的阴影，需要一些有创意的剪切和粘贴。因为地板是格子图案的，一块块的地板可以在任何地方加以切分。我们常在一些可能的地方切割和粘贴真实的阴影，而不是简单地粘贴一个，因为这样看起来更加真实。

最终图像

　　在photoshop中，虫的织物模型在如何正确显示阴影和确定应该出现的位置时起到了很大作用，并在模特和宠物虫之间建立视觉可信度方面提供了帮助。

　　©Margot Quan Knight

分离的牛奶

马戈·康·奈特摄制

这幅图像是作品《永恒》系列的一部分。当时间似乎暂停或者延长时，我们会陷入沉思或专注于工作中。运用道具、高速摄影和数码处理技术，就能创造一个表达时间延长感觉的图像。

1 首先，想法非常重要，我绞尽脑汁，可谓极尽疯狂。然后，我选择其中最棒的，考虑如何才能产生这个效果。

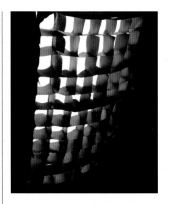

3 为了"凝固"半空中的牛奶滴，还需要使用一个电闸门。作者使用Profoto Acute 22400闪光箱，并将闪光设置得最低，即最低的闪光量设置和最快的闪光速度。再用一个尼龙做的"软盒子"吸收女孩身上的光，而背景橱柜会在黑暗中隐退。

2 确定了要创造一个孩子采集空中滴落的静态牛奶这一场景的想法后，现在需要为图像挑选出一些必要的道具。用软陶模型制作了三粒假的牛奶滴，在炉子上烘烤之前用针在每粒牛奶滴上穿个洞，将它们用钓鱼线串上，并打结，使三粒奶滴保持一定的距离。之后用胶带将奶滴线粘到厨房的柜子上。

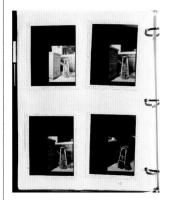

4 在塑造模型时，尤其是做女孩模型时，要确保在应用人体模型之前调好灯光。如果手头没有人体模型，可以用工具和一些衣物取得类似的效果。

6 首先要清理背景。通过复制和粘贴，作者用照片中其他部分的黑色隐藏了任何影响图像的细节，例如加热通风口。作者并未使用过"画笔"（Brush）工具，因为想保留背景上精细的纹理。并用"克隆"（Clone）工具把钓鱼线和多余的白色奶滴覆盖。

7 作者不喜欢在最好的图像上剪切，因此扩大了画幅的尺寸，并从其他照片上截取了柜子的一部分。为了安排新柜子，将其不透明性降至50％，并移动周围的图层，直至抽屉排列整齐。用"多边形套索"（Polygonal Lasso）工具描绘了柜子（抽屉下面）的一个自然分割处。新旧柜子之间一点小小的颜色差异会使图像显得更自然。

5 在拍摄时，对一些未能预见的东西应该持开放态度。作者不能决定女孩是否手持牛奶或者一串珍珠，所以对这两种情况都拍了照。本来计划用Photoshop去取得牛奶下滴的图案，但幸运的是，作者在底片中就取得了这一效果。作者喜欢女孩手持牛奶的姿势，因此现在就在Photoshop中将这两个图像合成。

分离的牛奶

8 女孩手持牛奶滴的那张照片是作者最喜欢的。但是她的头部和手臂的角度不太令人满意。这可以通过从其他照片中拖入头部和手臂来完成。用50％的不透明性排列，用"橡皮擦"（Eraser）工具使之与现存的身体混合。

10 现在移入有牛奶滴的柜子。女孩的脚略有差异，用克隆工具扩大地板，使新地板覆盖女孩的双脚。关闭新图层，用"多边形套索"（Polygonal Lasso）工具在女孩双脚周围进行小心地选择。作者经常将这些部位各自保存，以便日后使用。

11 点击新的地板图层，用"橡皮擦"（Eraser）或蒙版擦去新的地板。首先在选区上擦去明显的边缘，然后取消选定，并用一个大而软的橡皮擦显示出女孩双脚位于地板上的阴影。

9 新的头部和手臂挤压了衣服的肩带，于是作者从原来的衣服上剪切她的肩带部分，将它粘贴到新的手臂处。原来的手臂便位于新的手臂之后。因此，作者从原图像中剪切并粘贴黑色，以覆盖原来的手臂。

12 关闭背景图层，你能看到添加进去创建最终图像的所有要素。

最终图像

在Photoshop的组合下，各
种元素都完美地融合在了最终
图像中，因此，图像看起来如
同真实的照片。

©Margot Quan Knight

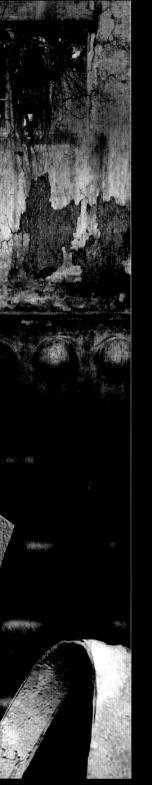

Photoshop擅长将照片的元素进行组合，以及对原有照片添加纹理和效果，但是从草稿到创建一些新的物体，其实并不容易。其解决办法是使用三维软件包（例如Cinema4D或Poser）创造一些能够加入到Photoshop场景的数码资料。掌握三维需要花些时间，但是一旦学会使用，缤纷绚丽的三维世界会带给你无穷的乐趣。

3D

爱 人

利瓦·鲁特曼摄制

这张合成照片是通过Maxon Cinema 4D制作的，并由两张照片和四种添加到Photoshop的纹理所组成。使用三维软件创建元素可以增强画面的可信性和空间深度，而这些却是Photoshop的普通的涂画功能所难以达到的。

超现实数码影像创意2

1 图元（原始的基础图形，Primitive）是三维图像的基本结构元素。它们是一些简单的图形，如半圆、立方体和圆柱体等，所有这些都是三维绘画所需要的。在Cinema 4D中，创建一个半圆的图元可以通过"物体"（Objects）>"图元"（Primitive）>"半圆"（Sphere）获得。我们希望这个半圆和头部的形状类似，因为要将它添加到我们后面的图像中，所以，我们要沿着它的一个轴适当拉伸。进入"工具"（Tools）>"物体轴"（Object Axis），设定合适的模式，点击并按住Y轴，拉伸半圆直至得到一个和图近似的形状。

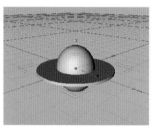

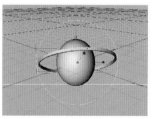

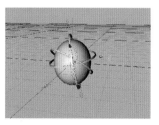

2 再创建一个图元，这次是一根圆管，进入"物体"（Objects）>"图元"（Primitive）>"圆管"（Tube）。用"工具"（Tools）>"尺度"（Scale）减少其高度并增加其半径。我们只希望管子是一个细细的环状，因此改变管子的内部半径，使之稍小于其外部半径。使用"工具"（Tools）>"旋转"（Rotate），点击X、Y、Z轴，旋转半圆外围的环，直到获得一个满意的合成物。复制几个环，将它们环绕在半圆的周围。将这些环旋转，使它们彼此有不同的交汇点。图形只需要从某一个角度看上去好即可，因为它只用于2D的图像，因此不要在意半圆背后的环是否杂乱无序。

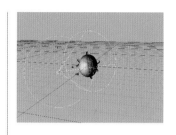

3 用于这个合成物的所有图像都只有一个光源，因此要使光线与三维模特相配合。进入"物体"（Objects）>"场景"（Scene）>"光"（Light），对图像添加光源——作者发现聚光灯比较容易控制。进入"属性"（Attributes）>"细节"（Details）面板调节灯光，

将"聚光外角度"（Spot Outer Angle）拉大至80度。可以使用"旋转和尺度"（Rotate and Scale）工具，就像对待实物一样改变灯光布置和方向。同样，在"属性"（Attributes）>"一般"（General）面板将灯光"阴影"（Shadow）设置为"柔和"（Soft）。

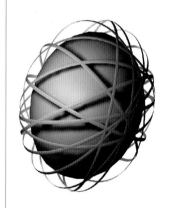

4 一旦建立了一个围绕半圆环的网络，便可以准备绘制图像了。在"初涂设定"（Render Settings）的对话框的"输出"（Output）面板里，将"图像大小"（Image Size）设为至少2000像素平方（Pixels square. 300ppi.），把它保存为PSD文件。勾选"保存"（Save）面板中的"通道"（Alpha Channel）方框。然后转到"绘制"（Render）>"绘制图像浏览器"（Render to Picture Viewer）。

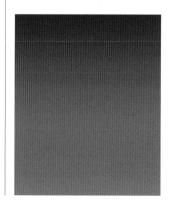

5 在photoshop中创建一个12英寸×16.5英寸（30厘米×42厘米）300dpi的新文件。用655245号淡棕色涂抹背景。在顶部使用"渐变"（Gradient）工具，以便在背景中添加一些纹理。将"渐变"（Gradient）设为：顶部为黑色，底部为白色，所有渐变的不透明性为40％。保存文件，然后关闭。

6 打开脸部照片。我们要使用其中的脸部以及其他照片中的身体，然后加入三维的头部。使用"画笔"（Pen）工具做一个路径，将脸从背景中剪切。到"路径"（Paths）调色板，按Ctrl右键，点击你的路径图层，选择"建立选区"（Make Selection）。在选区中要包括耳朵，这样会使得三维的头部和照片更自然地混合。确定选区后，将它拖至渐变的背景图像，命名为"脸部"。

7 打开初涂的三维图像。不需要剪切图形，因为已经有一个Alphy通道。到"通道"（Channels）调板，按Ctrl/Cmd键，点击Alpha通道选定一个选区。现在把三维图形拖至位于脸部图层下运作的文件，命名为"初涂"（Render）。

8 打开最终的女孩照片。我们要使用这个图像的身体部分，因此要切掉脖子和肩膀，包括脖子上佩戴的珠子。将它拖至工作文件，置于最下面。你可以看到，物体都是彼此分离的，因为首先要创建一个脖子。为此，从现有的脖子上选择一部分，复制几次——这不是最终的步骤，只是为下面的制作建立基础。

9 接下来，开始与脸部图像混合。首先，选择没有经过脸部环绕的所有部分，然后将它复制到另一个图层。在这图层上设定一个选区，运行"选择"（Select）＞"保存选区"（Save Selection），以保存该选区作为一个新的路径。这意味着你在必要时能够再回来。把这个新图层置于脸部图层下面。现在为三维阴影创建一个图层。作者发现，最简单的是手工使用画笔工具和用绘图板制作所有的阴影。使用现存的半圆和照片上的阴影作为向导，选择颜色与脸部混合。

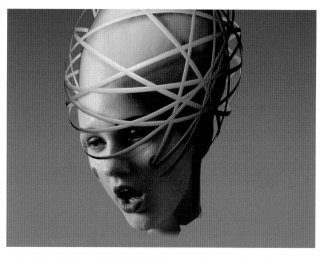

10 现在选择环形物的剩余部分——那些经过脸部的部分——将这个选区保存为新的路径。将该选区复制到新的图层，命名为"线条"，将其置于脸部图层之上。这部分也需要阴影。在脸和线条图层之间加入一个新图层。在鼻子和脸颊的部位画阴影要十分小心，因为阴影在这些凸起的表面会有不同的表现。你也要在脖子的其余部分涂抹颜色，以确保它和脸部融为一体。

爱 人

11 我们想在图像底部创建一个皮肤被拉伸和被系缚的效果，就像一个被牢牢系住以防飞走的巨大气球。这个效果可直接应用在照片上，绘图板在处理此类问题上非常适用。首先将图形拉伸——这不需要过于精细，只需画出整个图形大致的样子即可。在素描图层上创建新的图层，从照片中选择某些合适的颜色，用"画笔"（Brush）工具画上主色调。将画笔的不透明性幅度设为30%～50%，使色彩的混合更出色。保持上色和混合——变换画笔的大小、不透明性以及颜色——直至你对自己创建图形的色调感到满意。之后，移除素描图层，将底部的图层合成。复制并粘贴一些"投影"，将它们移到低的图层。移动它们，使之看上去是从女人的后面延伸开来一样。降低"亮度和对比度"（Brightness and Contrast），使之显得有些距离感。当你为此欣喜时，最后要做的是添加一些线来系住图形。用一个硬的圆形画笔，在图像上画出直线。

12 接下来，需要完成绘图的上色。半球状接近完成，但是我们尚未对线条加以处理。载入先前完成的环状物的选区，在调板的顶部创建新的图层，用#b46064号颜色（即暗粉红色）填充，将图层设置为"重叠"（Overlay），将不透明性改为50%。用软笔在环状物上任何需要的地方添加阴影。为了将所有的元素混合，创建新的"明度/对比度"（Brightness/Contrast）调节图层，将"明度"（Brightness）设为－30、"对比度"（Contrast）设为+5。再对图像作必要的润色，例如在一些地方添加必要的阴影，使图像显得真实。有必要在背景图层上涂一些阴影，以使头部在背景中抬高。

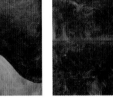

13 最后对图形添加一些纹理。纹理不仅用来增强作品的状态和感觉，也有助于连接彼此分离的各个要素。作者在背景上添加了三个纹理，并在整个图像上添加了两个全纹理。具体应用是：

背景纹理——

第一个纹理："柔光"（Soft Light）混合模式为7%的不透明性。

第二个纹理："强光"（Hard Light）混合模式为25%的不透明性。

第三个纹理："暗色"（Darken）混合模式为25%的不透明性。

全面的纹理——

第一个纹理："叠加"（Overlay）混合模式为21%的不透明性。

第二个纹理："叠加"混合模式为5%的不透明性。

3D

最终图像

　　三维软件包使作者在创作这位
女士头饰的合成图像时显得更加
容易。

©Liva Rutmane

失 明

利瓦·鲁特曼摄制

在这里，作者将在Maxon Cinema 4D中建立多个物体，然后将它们和一些照片组合，以便制作难忘的超现实图像。

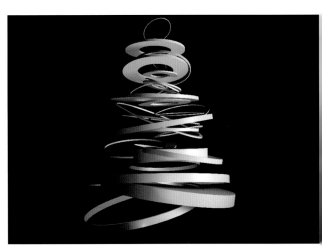

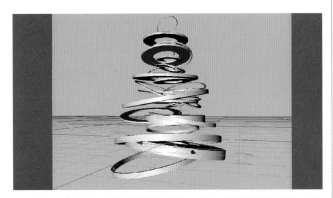

1 在Cinema 4D中，应用 "物体"（Objects）＞ "图元"（Primitive）＞ "管状体"（Tube），创建一个新的管状体。设置该物体的 "属性"（Attributes），使 "内半径"（Inner Radius）略小于 "外半径"（Outer Radius）。用 "缩放"（Scale）工具使管子变细，旋转到一个合适的角度。在屏幕上放置更多的管子，使用同样的工具进行排列。将它们的 "外半径"（Outer Radius）和 "内半径"（Inner Radius）的数值相异，从各个角度将之移动、变换大小并旋转，目的是产生形状类似金字塔的物体。不要担心三维物体其他面的视角，因为我们只用到二维的部分，只需从一个角度观看即可。

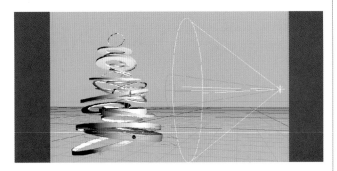

2 为场景添加光源，应用 "物体"（Objects）＞ "场景"（Scene）＞ "灯光"（Light）。用 "属性"（Attributes）面板将第一个光设为 "泛光灯"（Omni）、"亮度"（Brightness）为70％、"阴影"（Shadow）为 "柔光"（Soft）。这个光将设在金字塔的中心，从里面照射它。第二个设为 "亮点（圆形）"〔Spot（Round）〕，"亮度"（Brightness）为89％，"阴影"（Shadow）为 "柔光"（Soft）。把这个光从金字塔移开，将 "聚光外角度"（Spot Outer Angle）的数值设为70度。

3 现在已经准备好绘制图像了。改变输出面板，使 "图像大小"（Image Size）至少在300dpi的2000像素平方。将它设为PSD文件，检查Alpha通道方框，随后进入 "初涂"（Render）＞ "初涂图像浏览器"（Render to Picture Viewer），并保存图像。

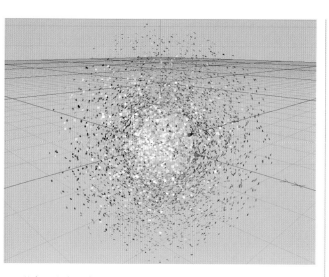

现在用合成图像的纹理去创建爆炸效果。打开新的Cinema 4D文件，在场景中心创建一个半圆图元。到属性面板，将"半圆部分"（Sphere Segments）的数值增加并超过100。接下来创建爆炸图像，应用"物体"（Objects）＞"变形"（Deformation）＞"爆炸"（Explosion）。你会注意到在物体的面板中和半圆相连处有一个"爆炸"（Explosion）按钮，改变爆炸的"属性"（Attibutes）为15%，"速度"（Speed）为140米。绘出爆炸图像，并放在前面用到的同一维度的Alpha通道，然后保存。

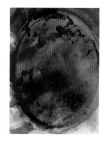

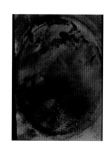

在Photoshop创建新的文件。将背景图层涂成#4b4944，即暗褐色。切换到"渐变"（Gradient）工具，将不透明度调至较低，运用"前景透明"以渐变方式稍稍将图像的顶部涂成浅棕色（#756b5c）并提亮。接下来，在背景中添加一些纹理。作者已经为纹理引入了两个新的图像，将前者的混合模式设为"多层复合"（Multiply），后者为"叠加"（Overlay）。

打开一张女孩和橘子的照片。用"画笔"（Pen）工具设置，创建将女孩从背景中剪切下来的大致路径。完成后，将通道转换到一个选区，将女孩拖至背景运作的文件夹。将"折叠"（Folder）命名为"脸"。用"画笔"（Brush）工具涂抹，为女孩创建一个新的橘子的头部。在计算机上使用绘画板能起到很大的作用。图像中的橘子显得太黄了，可以通过调节图层来修复。选择脸部的黄色部分，应用"图像"（Image）＞"调节"（Adjustments）＞"色彩平衡"（Color），将色阶设为"红色"（Red）：+33，"洋红"（Magenta）：−28。

失 明

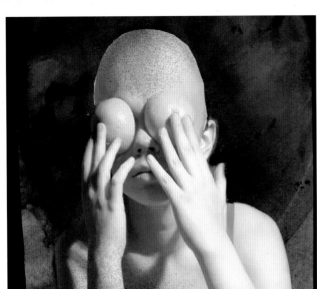

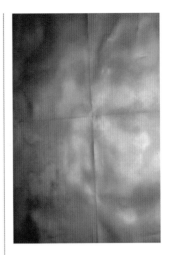

8 我们将创作一个女孩的灰度模式。从她的脸上选择皮肤。创建一个新的"色相/饱和度"（Hue/Saturation）调节图层，将"饱和度"（Saturation）设为−79。还有最后一个纹理需要添加，以连接整个图像。在图层堆的上面加入纹理，其混合模式设为"叠加"（Overlay）。

7 现在要把爆炸的效果添加进去，在作品中创建更多的纹理。因为已经建立了Alpha通道，所以没有必要将它剪切。应用"窗口"（Window）>"通道"（Channel），然后按Ctrl/Cmd+点击Alpha通道，产生一个选区。将选择的图像拖到脸的图层上正运作的文件上，命名为"爆炸"。把这个图层复制两次，将爆炸物放置在图像的周围，直到取得良好的效果。这有助于将脸与背景较好地混合。打开"初涂"（Render），用Alpha通道选定一个选区，并将它拖至图层上运作的图像中。

9 完成整个图像还需要操作最后两个步骤：首先是从原图中抠出一个橘子，将其添加到金字塔的顶部；第二步是画出环产生的阴影，用软画笔在需要的地方画上阴影。

最终图像

　　这幅图像看上去极其复杂，但是用Photoshop 和Cinema 4D制作却比较简单，并且不需要使用高级的三维技术。

　　©Live Rutmane

元素的集合

弗兰克·皮西尼摄制

Conventum elementum是拉丁词汇，表示"元素的集合"。在本例中，作者想组合多种图像和纹理，将自然和人造的元素结合。作者从一些精彩的乡村照片中得到启发。这幅图像是先用软件包创建了所有独立的元素，再将它们合成到最终的场景中。

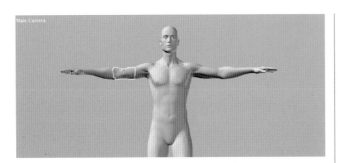

2 在输出.obj文件时有很多选项，你可以选择你想输出的模特的具体部分。作者唯一没有输出的是地面部分。因为这里只需要有手臂和头部的上半身，而不需要下半身，但是多边体的其余部分并不会对模特的大小或者输出时间造成影响，所以是无关紧要的。记住，如果要在Cinema 4D用Interposer之类的插件来输入纹理时，那么其文件名要与你刚输出的.obj的模特名相同。

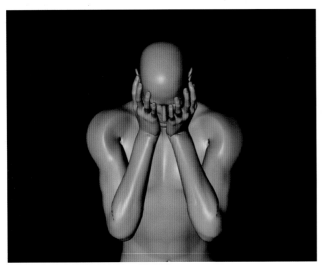

1 在本例中，作者将运用一些应用方法去创建最终的图像。用Poser来进行人物的创建和造型，用Cinema 4D去编辑人物并添加一些额外的元素，Photoshop则是将所有物体联系起来并创建背景。首先打开Poser，创建新的男性形象，进行造型和做其他的结构属性建构，例如对脸部表情和肌肉的创建。在这一阶段，不需要太关注灯光和纹理，因为这些要素将在后面的Cinema 4D中得到解决。一旦完成人物造型，就将该模特作为单独的image.obj文件输出。

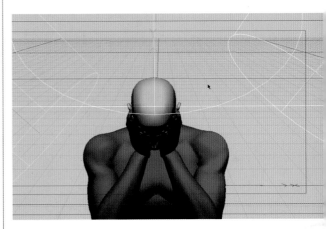

3 做一个3900×2083像素的高清晰度的Cinema 4D文件。要将所有的光和纹理添加到Cinema 4D，因此只需要直接输入造型模特。

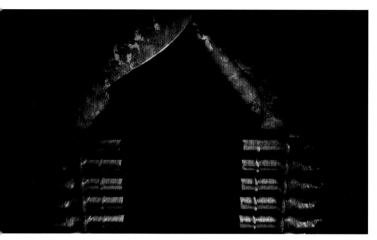

4 为你选择的景象设置好相机。首先从简单的细细延伸的面板中模拟卷曲生锈了的墙。有两块面板，一边各一块。输入某些生锈的条状物，它们是原先已经做好了的，现在作为输入的东西借用。在面板上应用一个卷曲或者弯曲的变形器，使之显得有所不同。

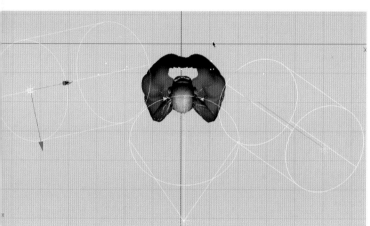

5 作者喜欢在模型上使用三点灯光装置。主光源是一个靠近相机（前景）的聚光灯，光线稍稍往上打。其他两个光源位于人物的双肩上。右边是一个平行的聚光灯（Parallel Spot），设置为：红色：255，绿色：219，黑色：210，亮度为85%，勾选"固有色"（Diffuse）、"高光色"（Specular）、"显示光"（Show Illumination）、"显示可见光"（Show Visible Light）、"显示剪贴板"（Show Clipping Checked）。左边的灯也是一个平行聚光灯（Parallel Spot），设置为红色：159，绿色：195，黑色：266，亮度为100%，其他同上。

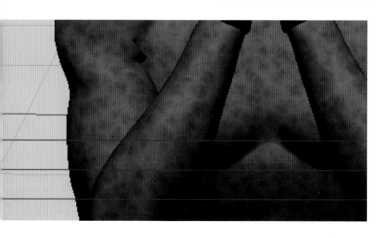

6 在模型上添加卷曲的纹理，然后用Alpha蒙版渲染该图像，合成一个高清晰度的32位的合成图像。

元素的集合

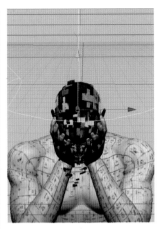

8 创建新的纹理物质并用了周期表图像，然后用UV将这个图像移植到人的身体上。模拟一些细细的条状物，应用了生锈的物质，用它们来包裹人物。然后在生锈的铁的管状物上用了一个扭曲的变形器，将人物包起来。这是用Cinema 4D完成的，将人物按第6步骤那样绘制。

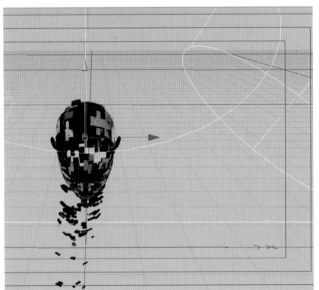

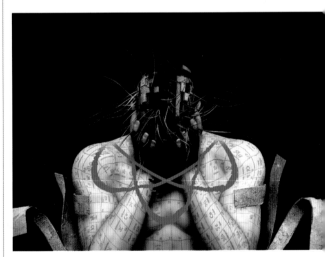

7 作者做了两个头部模型。其中一个选择一些多边体，应用"矩阵挤压"（Matrix Extrude）功能创建了纤细的卷须。（如果有时间可以练习操作这一功能，熟悉其参数很有意义。）然后应用了Hyper NURBS物体，使挤压出的多边体变得光滑。在第二个拷贝件中，在头部的碎片上应用一个叫做Explosion FX的变形器。

9 现在我们开始合成Photoshop中的各种元素。创建一个300dpi 3900×2083像素的高清晰度的文件。引入32位的图像，将它们拖至新的文件窗口。这时，将画布的全景修剪成一个方形。然后在图像上添加一个分子符号标志。通过应用替换滤镜以及将原文件选择为替换源，就能够完成这一步骤。

10 这里一般添加一个"色相/饱和度"（Hue/Saturation）调节图层，降低图像的饱和度，具体看物体颜色的对比度。当决定将最终图像做成黑白时，将颜色设为黑白的同时继续调节图层。现在添加云彩的照片。源图像在期望的位置上显得不够大，因此需要使用"克隆图章"（Clone Stamp）工具扩展照片的底部。

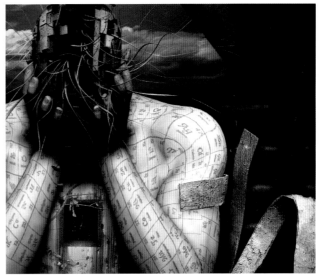

11 现在天空已经合成了，需要将边缘的底部羽化，使之渐变到黑色。将云彩图像变成彩色，补充照片所有的感觉。作者很喜欢这个图像中延伸的云彩的形状，人物头部有一片飘浮的云，它与人物的头部形成了强烈的对比，也与生锈的条状物的设计图像产生对比。

12 现在意识到卷曲的生锈面板的边缘需要更多的亮光。在设置成"叠加"（Overlay）的独立图层上喷上白漆，以期收到卷曲边缘的效果。在上色过程中，一直选定该区域，以免边缘之外的喷漆混入。然后在人物的心脏部分添加了另外的照片图像，改变其混合模式，擦掉了那些碰到手臂的叠加的像素。

元素的集合

超现实数码影像创意 2

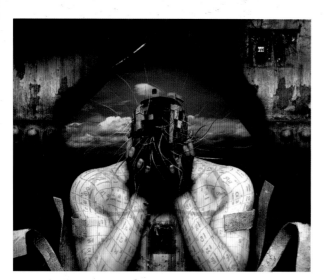

13 现在，作者注意到卷曲的生锈的面板太暗了，因此需要更大的对比度和强烈的纹理。作者使用面板的原蒙版，并且擦除了它们混合的部分地区，使之符合生锈纹理的特征。至此，还要打破图像的对称性。于是从纹理照片图片库中进行挑选，在右上侧的面板复合了其他图像，引入了更多的生物元素。

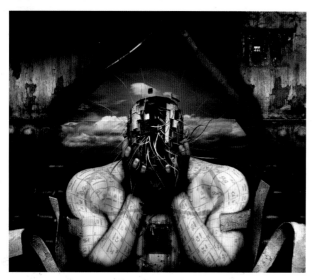

14 剩下的唯一任务是画一些细节部分，修复在应用三维制作后出现的人物关节的不一致性，尤其是肘和肩膀部位的一些可见部分。创建新的图层并涂上阴影，这样有助于提高图像一些部位（例如包裹手臂的金属、人物的腋窝）的对比度。最后的步骤能增强图像的深度感。

最终图像

　　与其他软件相比，三维
软件包在制作某些效果时
会显得更加简单。例如，
在本例中制作的人物图像
中产生的爆炸和喷出效果。

　　©Frank Picini

8

附 录

术语表

调整（Adjustment Layer）

一个没有图像像素但能影响图层堆中其下面的图层外观的图层，包括堆色阶、对比度和色彩的改变，加上渐变和其他效果。这些变化并不是永久地影响下面的像素，因此通过蒙版或者移动调整图层，能够轻松地去除图像部分或全部的效果。也能够在后面甚至重启Photoshop，从而改变调整图层的参数。

锯齿现象（Aliasing）

该术语指当分辨率不适当或者是它们被拉大时，位图的图像或者字体出现锯齿现象。这是由像素造成的，它显示正方体的直线，使得图像可见。

阿尔法通道（Alpha Channel）

在Photoshop中储存的能提供多种选项的通道。

环境色（Ambient）

用于三维造型软件中的一个术语，用于描述未经聚焦或方向不明确的光源，例如所有物体都跳出某一个场景的效果。

消除锯齿（Anti aliasing）

指在视力上消除位图图像或者在低分辨率的设备（例如监控器）上重显文本的锯齿效果。可以通过添加中介色调的像素取得，物体颜色的边缘以相关像素的方位的平均密度与其背景混合。消除锯齿有时也应用在滤镜纹理图像中以避免产生波纹图案，例如在三维中的应用。

伪像（Artifact）

在电子制作图像过程中产生的一个明显的瑕疵，往往在运用图像技术时产生。比如JPEG压缩减少在像素的正方形的图像数据，原本可以在高标准下清晰可见的，尤其是当应用较高的对比度或者色彩效果时。

背景色（Background Color）

在图像中，当橡皮擦用于背景图层时，或者一个图像从背景图层中剪辑时使用的颜色。在photoshop工具条下面的方框中，背景色往往和前景色一起出现。

背景图层（Background Layer）

在不能移动的图层调板最下面的图层，透明者或有应用混合模式或者图层风格。它可以转化成常规图层。

位图图像（Bitmap）

描述二进制位的位置及其（开、关）状态的"图"。表示完整的图像像素，如一封信。

混合模式（Blending Mode）

表示图层相互作用，以及图层像素和色彩信息如何影响下面图层的方式。它在基础色和混合模式的基础上起作用。

模糊滤镜（Blur Filter）

传统的起到模糊效果的滤镜，用于探测颜色变换周围的噪点和去除噪点。其实施的方式是探测边缘像素数值并进行平衡，有效消除噪音和所出现的任意色彩变更。Blur More的功能与其相同，但用于效果更强烈的地方。现在已经将模糊滤镜与更便于控制的版本配置在一起，例如高斯模糊和特殊模糊，但还是略显粗糙。

明度（Brightness）

色彩的相对亮度或者相对暗度，百分比从0%（黑色）到100%（白色）。

画笔（Brush）

常用的喷色画笔，不仅能对图像着色，而且可以用来擦除图像的某些部分。

精度（Calibration）

调节某种机器或硬件的某些条目的过程，使之与所知尺度或标准相一致，以达到更准确的要求。在绘画复制中非常重要，在生产链中要用到各种设备和原料，例如扫描仪、监控器、照相排字机和胶印机，以取得与标准相一致的真实效果，尤其是在色彩方面。往往使用显像密度计来复制和展示设备的精度。

抓屏（Capture）

"俘获"图像的动作，或是拍摄数码照片并将它转到你的计算机，或者通过扫描图像并在硬盘中保存该文件。

通道（Channel）

在大多数照片编辑应用程序中，彩色图形通常是由三到四个独立的单色图像构成的，称其为通道。在标准的RGB模式中，红色、绿色和蓝色通道各自包含一个单色的图像，展现包含颜色的那个图像的某几个部分。在一个CMYK图像中，通道包括青色、品红、黄色和黑色。这些各自不同的通道可以如主图像一样处理。

剪辑（Clipping）

将某个图像或者某个艺术形象限制在一个指定的区域范围内。

剪辑组（Clipping Group）

表示图像的各个图层系列，图层可以产生图像或者组成要素的合成效果。例如，当底层图层是一个所选图形（如椭圆）时，下面的图层是半透明纹理（例如龟裂缝），而顶部图层是一个图案，可以使用剪辑组制作有纹理的图案，放在椭圆的形状中。

青色、品红、黄和黑色色彩模式 CMYK（Cyan, Magenta, Yellow, and Black）

在减法色彩模式（黑色用K代表，意指"主板"）基础上的四个印刷过程的颜色。在色彩再现过程中，大多数颜色是通过混合青色、品红、黄色获得的；其理论是：当所有的三种颜色混合后，就会产生黑色。但是，这很难获得，并且不合理，因为在使用过程中要用很多墨汁，还需要晾干的时间等。因此，通常使用黑色对某些较暗的区域加强密度，而为了起到补偿作用，需要使用少量其他的颜色。这也会增加一些成本，因为黑墨水比彩色墨水便宜。

色彩（Color）

对各种波长的光的反射和折射的视觉解释。

偏色（Color Cast）

对彩色图像的一种偏爱，它可以是有意或无意引入的有关光线问题的结果。有意创建的偏色通常用于增强效果（例如加强调日落中的黄色或者应用棕褐色来表示一张照片的年代久远），并且可以通过在图像编辑应用程序中的正确命令得以实现。无意产生偏色的原因很多，但主要是缘于数码相机中光源和CCD（电荷耦合器件）之间的不平衡。

色深（Color Depth）

是指二进制位的数量，用来定义各个像素的颜色。例如，表现黑色和白色图像只需1位，8位图像能表现256种灰色或256种色彩，24位图像能够表现1670万种色彩——其中8位是红色，8位是绿色，8位是蓝色（$256 \times 256 \times 256 = 16,777,216$）。

色温（Color Temperature）

指光的合成的度量标准。它被定义为温度——用开尔文（Kelvin，简称K）来计量——黑色物体需要加热以产生一个指定的光的颜色。色温以某个尺度为基础，它将黑色设为零，随着物体亮度的增加而增加。例如：钨丝灯的色温是2900K，而在绘画艺术中，理想的标准光是直射的阳光的色温，为5000K。

约束比例（Constrain Proportions）

调节图像的宽度和高度比率的一个特性，用作重新规划图像大小，以确保图形保持原有比例，不被拉伸或者压缩。

对比度（Contrast）

图像（或电脑显示器）中相邻色调差异的等级，从最亮到最暗。高对比度是指图像有较亮的高光，有暗的阴影，但是彼此间只有很少的阴影；但低对比度图形是指最平衡的色调，很少有暗色或高光区域。

裁切（Crop）

对图像进行修剪和抠图，使它适应某一个给定的区域，或者是指可以丢弃的不需要的部分。在Photoshop中，可以用抠图工具来实施。

默认（Default）

如果使用者不作改变就可以生效的工具或滤镜的设置（一般由设备生产厂家设定——编注）。

定义（Definition）

图像的全部性质——或明晰度——是由组合的颗粒度（或数码图像中的分辨率）和锐化程度的主观效果决定的。

退饱和（Desaturate）

一种通过将红色、绿色和蓝色通道的数值相等，从而将彩色图像改变为黑白图像的快速方法。

术语表

置换贴图（Displacement Map）

一种位图图像文件，通常是灰度模式，用作更改表面或者应用纹理。图像中灰色的数值分配高的数值，黑色代表最低，而白色为最高。置换贴图（有时称为凹凸图）也使用在三维软件包中，在数字高程模型（DEMs）中用来绘制立体地图。

每英寸点数DPI，（Dot Per Inch）

用于表示设备（例如打印机）的分辨率的测量单位。点越近越小（也就是说每英寸中的点越多），图像质量就越好。当DPI用来描述屏幕分辨率时，那是一种错误的用法。应当用PPI（Pixel Per Inch，每平方英寸所拥有的像素数量）来表示。

加边，勾边（Drop Shadow）

在与选区轮廓相一致的选区下面增加阴影效果的一种技法（可以用滤镜、插入程序或者图层特性等方法取得）。该阴影（取决于滤镜）可以被移到有关的选区，给予不同的不透明度，甚至可以命名。在命名时，可以将某个阴影应用到某个

选区（如某个人），用作模拟的太阳阴影。

输出（Export）

这是许多应用程序均提供的特征，能够以某种格式保存文件，使其能在其他应用程序中或不同的操作系统中使用。例如：在Poser模型工具中创建一个三维图像，能作为一个OBJ文件输出，使它能在其他三维应用程序中使用。

吸管工具（Eyedropper Tool）

这是大多数图像处理程序都有的工具，用于从某个影像或某个可选的色彩样板中选择前景色或背景色。吸管工具也用于从其他Photoshop对话框（包括色阶或者色彩对话框）中选择样色。

羽化（Feather）

Photoshop中用于柔化选区边缘的一个选项，为了隐藏所调节的或所处理元素与相邻区域间的接缝。

滤镜（Filter）

用于改变或扭曲影像的过程。例如模糊效果是要从影像中去掉聚焦点，水彩效

果可以使照片看上去像水彩画一样。滤镜效果一般是按客户的需要来进行制作的，因此，你可以改变你想应用到某个影像上效果的数量。

前景色（Foreground Color）

使用画笔工具上的颜色。前景色和背景色出现在工具条最下端的方框中。同时参见"背景色"。

高斯模糊滤镜（Gaussian Blur Filter）

Photoshop提供的一种滤镜工具。当识别柔化边缘时它运用加权平均（建立在钟形高斯分布曲线基础上）方法进行处理。同时，也把低频细节和温和的"模糊"引入到影像中，这是一种覆盖离散影像信息（如噪点或伪像）的理想方法。它是一种能制造各种等级模糊的有用工具，与传统的模糊滤镜相比更加容易控制。它能通过运行"滤镜>模糊>高斯模糊"（Filter>Blur>Gaussian Blur）菜单获得。

渐变工具（Gradient Tool）

使选区内的两种颜色之间创建渐变混合成为可能。它有几种类型：直线、放射

状和反射渐变。

灰度（Grayscale）

在黑白影像中，其像素亮度值由0到255，依次表示从黑色到白色的变化。不像RGB或CMYK模式，灰度影像没有色彩信息。

硬光（Hard Light）

指photoshop的混合模式。创造一种类似于对物体直接用强光照射的效果。其取决于基色不同，这种上色会多变或者被遮蔽。如果上色淡，基础色就变淡；如果上色暗，基础色就变暗。对比会更强烈，重点会得到突出。与叠加模式有所类似但效果更好。

高调（High Key）

指某个影像中，由明亮色调占主要与支配地位的现象，常常显露出轻盈和浪漫的形象。

色阶直方图（Histogram）

用以描绘影象中色调值分布的一种图解形式。通常从左侧的黑色到右侧的白色。通过色阶直方的分析（用户实施或自动进行）来进行评估，并且确定是否对某

些细部需要修改。

色相（Hue）

色相在标准色轮中从0°到360°进行度量，或通常以红、黄、绿等表示。参见"饱和度"。

图像体积（Image Size）

对于图像大小的描述。基于被度量的图像的种类，可以在线型尺度、清晰度或者数码文件大小中得到反映。

输入（Import）

将文本、图像或其他数据载入某个文件。

插值（Interpolation）

一种计算机的运行方法，用于评估在未知物体上的未知数值。其中一种是用于重新定义在其用某些方式修饰后位图影像后的像素，例如重新变换大小或者旋转的图像，或已作色彩修正的图像。在这些例子中，可以从相同或相似范围的其他像素的已知数值中估算像素。插值也用于某些软件中，以增强某些经过低清晰度扫描的影像的清晰度。某些应用程序可以选择一种插值

方式，例如Photoshop提供了Nearest Neighbor（最近邻居，速度较快但不精确，可能会产生凹凸的效果）、Bi-linear（双线性，质量中等）和两次立方（较平滑和结果精确，但显示较慢）。

套索（Lasso）

一种徒手的选择工具，通过工具栏中的套索图标显示。基本的套索有很多变体，例如："磁性套索"（Magnetic Lasso），能定义选择路径最近的边缘，有助于对离散的物体作出准确选择；以及"多边套索工具"（Polygonal Lasso），能做直角边缘的选择。如要画一条直线，使用者可以将光标放在第一条线的末端并点击，之后将光标放在下面一条线的末端，再次点击。

图层（Layer）

图像处理软件提供的常用功能，它可以保持与利用各个独立图层上的图像元素去构成一个合成图像。一旦图层建立，它们就能被重新命名、合成，并且改变其透明度。

图层效果/图层风格（Layer Effects/Layer Styles）

指各种效果，如Drop Shadow（投影）、Inner Glow（内发光）、Embosss（浮雕）和Bevel（斜面）都可以应用到图层的内容里。

图层蒙版（Layer Mask）

能应用于特殊图层的某个意象元素中的蒙版。图层蒙版能用于修饰以创建不同的效果，但这些变化并不改变该图层的像素。与调整蒙版（与此有紧密关系）类似，图层蒙版可以用到"主"图层（该变化是永久性的）上，或与其他变化一起删除。

选框（Marquee）

当你按住Ctrl/Cmd并点击该图层或选择两个选择工具时，其中的一个出现在物体边上的阴影。选择经常会以"蚂蚁线"（marching ants）的形式出现，表示你正在工作的区域。

不透明度（Opacity）

是指在某个图层的pho-toshop文件意象的每个图层与下面图层相关的透明度的百分比。随着不透明性的降低，下

面图层就会显现出来。

画笔工具（Pen Tool）

在photoshop或illustra-tor应用程序中用来画矢量选区路径的工具。

像素（Pixel）

"图像元素"（Picture Element）首字母的简写。数码图像的最小组成部分。例如：计算器显示器的某个光点。其最简单的形式是，一个像素对应一个单点：0=关，1=开。在色彩和灰度图像或显示器中，一个单像素可能对应几个位：例如，一个8位像素能够用任何一个256种颜色来展示（不同配置的总数可以用8个0和1来表示）。

插入（Plugin）

"插入"应用程序中的小程序，用来扩展它的功能特征或支持某个特定的文件格式。

每英寸像素PPI（Pixels Per Inch）

像素中最普通的单位，描述在图像的每平方英寸中所含的像素数量。

术语表

图元（Primitive）

三维程序中基本的图形元素（例如圆柱体或立方体），利用它们能创建其他更多更复杂的物体。

光栅化（Rasterization）

将矢量图转化并进入位图点。透视图（Rendering）从三维图像创建二维影像的过程。三维模型在载入图像处理应用程序前必须进行透视处理。

分辨率（Resolution）

质量、定义或清晰度等在影象重建或在屏幕中或打印纸上展示时标示的等级。清晰度越高，在给定区域所含的像素就越多，也越容易捕捉细节。

红、绿、蓝色彩模式（Red，Green，Blue）

"加色法"模式的基本色彩——用在视频技术（包含电脑显示器）以及绘图中（网络和多媒体），用RGB方法处理过的图像不能最终用四色（CMYK）模式打印出来。

旋转（Rotate）

使图像围绕着某个中心轴旋转，使得边缘在某个角度呈现水平或垂直。

饱和度（Saturation）

色彩的强度或纯度。饱和度是在色相上的灰色百分率：100%是充分饱和。在标准色轮中，饱和度从中心到边缘逐渐增加。也称为色度。

缩放（Scale）

一种三维变形方法，在物体的主轴上对之进行缩小或放大。

作者小传与致谢

感谢下列参与了本书制作的艺术家：

帕特里克·布洛姆奎斯特（Patrik Blomqvist）

本书作品：《心碎》（Heartbroken）；《漏气的轮胎》（Tired Tire）

个人网页：www.patrikland.com

在白天，帕特里克·布洛姆奎斯特是瑞典哥德堡一家广告机构的艺术总监；到了夜里，他则经营自己的事业。其事业核心就是数码影像创意处理——商业的、悦目的，或者只是为了达到某种惊悚效果的影像处理。此外，他还以名为hygglobert的ID，在www.freaking-news.com评判Photoshop作品。

安德鲁·布鲁克斯（Andrew Brooks）

本书作品：《坠落中的男人》（Falling Man）

个人网页：www.andrewbrooksphotography.com

安德鲁·布鲁克斯从事数码影像制作已有十余年，从事过从广告摄影到音乐电视等各种项目。他的作品在许多画廊展出，他的摄影技术被WebPhotoMag等网络刊物作为专题文章推出，他的音乐电视作品还在MTV2播出。此外，他还因《跌倒的人》而荣获富士胶卷专业人士优秀奖。布鲁克斯以惊人的独创性和精心制作的大画幅照片在国际上声名鹊起。

乔治娅·登比（Georgia Denby）

本书作品：《肌肉男》（Muscle Man）；《陷入困境》（Trapped）

个人网页：www.geogiadenby.co.uk

乔治娅·登比在迷上摄影之前，曾从事过油画、铅笔画以及其他绘画艺术，但最终发现数码摄影和计算机才是她的最爱。她以变化多端的创新、独特的构图和夸张的用光而闻名。她是英国专业摄影学会会员、皇家摄影协会准会员，还是欧洲认证摄影师。

内拉·杜纳特（Nela Dunato）

本书作品：《电子水母》（Electric Medusa）；《你得不到我》（You Can't Own Me）

个人网页：www.inobscuro.com

内拉·杜纳特，1985年生于克罗地亚里耶卡。她目前是电子工程专业的一名学生，同时也在做网页设计师的工作。

本·古森斯（Ben Goossens）

本书作品：《伊甸园之门》（The Gate of Eden）；《甜蜜的家》（Sweet Home）

个人网页：www.photo.net/photos/ben.goossens

本·古森斯的职业生涯主要是在一家广告公司的艺术总监任上度过的。退休后，本开始将他的影像作品提交给各种国际性的摄影比赛。10年来，他一直乐此不疲，赢得了不少荣誉，包括奥利地超级巡回赛最高奖、Interimage 2005的最佳表现奖，以及Limours 2005的国际大奖。

在参赛之余，本还在他的祖国比利时的一些摄影俱乐部和艺术学校进行讲演，与大家分享他多年来的Photoshop操作经验。

杰弗里·哈普（Jeffrey Harp）

本书作品：《狮子般的持帽者》（The Leonine Hatman）

个人网页：www.hippopotamouse.com

杰弗里·哈普曾有过11年的文身艺术创作经历，从文身进而开始对摄影感兴趣，进而磨练出一双对超现实影像十分敏锐的眼睛。

2001年，他接触到摄影家亚当·弗斯的作品，在这些作品的引导下，他开始尝试无底片照片制作、针孔摄影等各种传统的摄影技术。这些试验将他引到了数码艺术中来。在这里，他可以自由地进行艺术创作，而不再受限于纸张或画布。

马戈·康·奈特（Margot Quan Knight）

本书作品：《再见，蚯蚓》（Cheerio Worm）；《分离的牛奶》（Split Milk）

个人网页：www.margotknight.com

马戈·康·奈特曾在达特茅斯学院学习摄影，并以最优异的成绩毕业，获得室内艺术学士学位。2000年9月至2002年5月，她受到资助，作为摄影师在意大利的贝纳通传媒艺术研究中心Fabrica进行艺术创作。目前，她在纽约的巴德学院攻读美术硕士学位。她的代理人是意大利都灵的G.A.S.艺术画廊。

作者小传与致谢

马戈的摄影作品在全球各地展览，包括在米兰、巴黎、里斯本和西雅图的个展。2005年10月，她的《医院三联图》赢得了维罗纳艺术展的一等奖，60余家国际性刊物以专题形式刊登了她的作品，包括*PHOTO France, EFX Art and Design*和*Zoom*。

《分离的牛奶》这一作品得以完成，还要部分归功于来自4Culture的"特别项目资助"和来自西雅图艺术和文化事务市长办公室的"城市艺术家项目资助"。

多蒙·洛姆伯格（Domen Lombergar）

本书作品：《守护天使》（Guardian Angel）

个人网页：www.lombergar.com

多蒙·洛姆伯格是一位当代超现实油画艺术家和摄影家，他利用新技术来寻找新的艺术表达方式。目前，他正在策划他的第18个展览，这一展览将利用视觉传媒探索人类与机器的关系。

弗兰克·皮西尼（Frank Picini）

本书作品：《元素的集合》（Conventum Elementum）

个人网页：www.frankpicini.com

弗兰克·皮西尼曾经做了10年的插图画家，既为CD也为书籍创作封面图片作品。他是数码艺术竞赛Macworld的2002年、2003年和2005年冠军得主，而且这些获奖收藏品已在全美的数码艺术画廊中展出。他的作品还在全球的数码画廊以及互联网上的各种数码艺术论坛

中展出。他还以插画作品赢得过无数的奖项，并为Poser 6 SE软件创作了封面图片作品。

西蒙·鲁德（Simon Rudd）

本书作品：《怪物》（Troll）；《秘密》（Secrets）

个人网页：www.pompeysworst.co.uk

西蒙·鲁德，2001年毕业于英国朴茨茅斯大学。他致力于制作与众不同的作品，全都是图像处理，主题通常是恐怖、惊悚和奇幻。西门就他的作品为例写了很多的杂志文章和教程。

因为使用了娜拉·维埃拉、丹尼尔·德鲁克、大卫·诺塔留斯和内德·霍顿的照片，他在此要向他们表示感谢。

利瓦·鲁特曼（Liva Rutmane）

本书作品：《爱人》（Lover）；《失明》（Blind）

个人网页：www.mandragora.lv

利瓦·鲁特曼是一位艺术家和摄影师，现居住在拉脱维亚的里加。她运用各种软件（从Photoshop到Illustrator，从Painter到Cinema4D）来创作艺术作品。

汉普斯·萨穆埃尔松(Hampus Samuelsson)

本书作品：《林中怪物》（Thing in the Woods）

个人网页：www.abacrombie.se

汉普斯·萨穆埃尔松14岁时，作为摄影师的父亲购买了Photoshop 3.0。从那时起，汉普斯便开始熟识Photoshop。

汉普斯学习Photoshop可谓大费周章，他自学Photoshop达12年之久。现在，他正考虑是否读一个Photoshop学习班。

托马斯·斯皮尔（Thomas Speer）

本书作品：《美国玫瑰》（Yankee Rose）

托马斯·斯皮尔是一位自学成才的平面造型艺术家，现居美国佛罗里达州的杰克逊维尔。他从事平面造型艺术已有6年，为许多商业和个人网站设计过图片。他还是一些平面艺术设计竞赛网站的获奖会员，如Worth1000.com（会员名：BrownTrout）。

托马斯在此要特别感谢斯托克·星影像（www.sxc.hu）和摄影师梅捷罗斯·艾提拉提供了黄玫瑰这一原型图片。

安东尼·冯格雷迪斯（Anthony VenGraitis）

本书作品：《熊》（Bear）；《入侵者》（Invasion）

个人网页：www.pixelsandwich.com

安东尼·冯格雷迪斯是一位自学成才的Photoshop迷。他主要制作经Photoshop处理过的数码照片，再将数码照片与扫描的传统照片结合起来，偶尔也会与其他一些人工制品进行结合。无胶片的创作环境让他能自由地对照片做各种试验。他相信，正如互联网变革了艺术家展示作品的方式一样，计算机也将改写艺术摄影的法则。凭借优异的作品，他在Adobe举办的2001年国际数码影像竞赛和Bit-by-Bit举办的2000年数码竞赛和展览中都得了奖。

有用的网站

教程和画廊网站

2D Valley（2D谷）
www.2dvalley.com

Absolute Cross（绝对十字）
www.absolutecross.com

Artcyclopedia（艺术百科）
www.artcyclopedia.com

Artuproar（艺术喧嚣）
www.artuproar.com

Artworld（艺术世界）
www.artworld.si

Bluefear（蓝色恐惧）
www.bluesfear.com

Concept Art（概念艺术）
www.conceptart.org

CreativePro（创新专家）
www.creativepro.com

deviantART（变异艺术）
www.deviantart.com

Digital Photography Review（数码摄影评论）
www.dpreview.com

ePHOTOzine（ePHOTO杂志）
www.ephototzine.com

Epilogue（尾声）
www.epilogue.net

Flickr（弗里克）
www.flickr.com

HexValue（迷惑价值）
www.hexvalue.net

National Association of Photoshop Professionals（国家Photoshop专家协会）
www.photoshopuser.com

Pixel2Life Tutorials（Pixel2Life教程）
www.pixel2life.com

Photo.net Resource Site（Photo.net资源站点）
www.photo.net

Photoshop Today（今日Photoshop）
www.photoshoptoday.com

Planet Photoshop（行星Photoshop）
www.planetphotoshop.com

Photoshop Support（Photoshop支持）
www.photoshopsupport.com

Surreal Art Photo Gallery（超现实艺术画廊）
www.surrealartists.org

The Complete Guide to Digital Photography（数码摄影完全指南）
www.completeguidetodigitalphotography.com

The Imaging Resoruce（影像资源）
www.imaging-resource.com

The Photoshop Roadmap（Photoshop地图）
www.photoshoproadmap.com

The Saatchi Gallery（Saatchi画廊）
www.saatchi-gallery.co.uk

Tutorial Output（教程输出）
www.tutorialoutpost.com

Tutorialized（指导教程）
www.tutorialized.com

Worth 1000（价值1000）
www.worth1000.com

软件

Adobe
www.adobe.com

Alien Skin
www.alienskin.com

Apple Computer
www.apple.com

Corel
www.corel.com

e frontier
www.e-frontier.com

Extensis
www.extensis.com

GIMP
www.gimp.org

Maxon
www.maxon.net

Microsoft
www.microsoft.com